講談社文庫

コゴロシムラ

木原音瀬

講談社

目次

コゴロシムラ

1

「ここって、猪《いのしし》の像が多いですよね」

原田《はらだ》の問い掛けに、前を歩いていた神主が足を止めた。参道の脇にある猪の像を眺めながら「そうですなぁ」と間延びした相槌《あいづち》を打つ神主の声は酷《ひど》く嗄《しゃが》れていて、見た目は六十前後なのに、声だけだともっと老けているように感じる。

「この辺は猪がよう出るんで、昔は捕まえて肉や脂《あぶら》を売っては生活の糧《かて》にしよったようです。守り神様みたいなもんですかねぇ」

殺した獣を神様として祀《まつ》るのか……大いなる矛盾を抱えつつ、仁科春樹《にしなはるき》は猪の像の写真を撮った。像は古ぼけて欠けがあり、あちらこちらから緑色に白が混ざる大きな斑点《はんてん》が浮かび上がっている。

「猿や鹿もたまに見ますしね」

喋《しゃべ》りながら、神主は鳥居の手前まで見送ってくれた。事前に許可を取って取材に入っても、あからさまに迷惑そうな顔をされることも多い。その点、ここの神社は親切だ。……田舎《いなか》ということもあるだろうか。

鳥居を出るとすぐ、階段になっている。猪の像同様、欠けが多い風化した石の階段を、三、四十メートルはある長いそれを原田と並んでゆっくりと降りていく。

午前中に岡山での仕事を終えて電車で四国に入り、バスとタクシーを乗り継いで神社に着いたのは午後三時過ぎ。取材を終える頃には午後五時を回っていた。六月のこの時期はまだ日が長いので、辺《あた》りは明るい。

「ここって本当にパワースポットか？」

仁科のぼやきに、原田は「そういう情報があったんですよ」と息をつき、額《ひたい》に浮かぶ汗を拭《ぬぐ》った。背が百六十センチもなく童顔、服装もTシャツに短パンとまるで子供。二十八歳になっても原田はよく高校生に間違われている。

「俺は霊感とかあるわけじゃないから、本当かどうかはわかんないですけどね」

「俺もオカルト系には縁がない」

原田は「ハハッ」と声をあげて笑った。

「神社は神社だし、悪い場所じゃないから別にいいでしょ」

仁科は来月発売の週刊誌「SCOOP《スクープ》」に掲載されるパワースポット巡《めぐ》りのコーナーのカメラマンとして、ライターの原田と共に四国の山中にある「白古《しろこ》神社」に来ていた。パワースポット系の記事は、女性誌での特集も多くムックも氾濫《はんらん》し食傷《しょくしょう》気味ではあるものの、一部に根強い人気がある。「SCOOP」はゴシップ誌でターゲットは四十代から五十代の男性だが、お笑い芸人が漫画で描く料理コーナーが面白いと人気になり、女性読者が一定層ついた。更に女性読者を増やそうと目論《もくろ》んだ編集長の飛山《とびやま》の「パワースポットとか、そういうのが女の間で流行《はや》ってんだろ」という周回遅れの情報を元にした一言で紹介コーナーができ、若手の原田が担当になった。

他社の後追いでは面白くないということで、原田は「誰も知らない」をテーマにパワースポットの紹介をはじめた。口コミやネットの書き込みというあやふやな情報を元に取材しているが、そこそこ反響があるという話だ。

白古神社の中にある大きな杉の木がパワースポットだという情報は、原田がネットで拾ってきた。検索してみると白古神社も杉の木も実在していたので、原田は神社に連絡して取材許可を取った。神主は「大きな杉の木はありますが、パワースポットという話は初めて聞きました」と話していたらしい。

最初、仁科はこの取材に同行する予定ではなかった。アイドルの紹介する「瀬戸内《せとうち》プチ旅」という記事のカメラマンとして同行し、そのまま帰る予定だったが、原田に「神社と温泉の取材をしてるんですけど、帰りにちょっとこっちまで足を伸ばして、写真を撮ってもらえませんか」と頼まれた。

アイドルや芸能人の撮影でもない限り、地方の取材にカメラマンが同行することは滅多にない。予算の関係もあり、ライターが撮影を兼ねることが殆《ほとん》どだ。しかし原田は写真のセンスが壊滅的、そして温泉の撮影は技術的に難しかった。編集長からの許可も出たので、どうせならと神社の取材から合流することにした。

白古神社から秘湯《ひとう》といわれる温泉宿は徒歩三十分ほどなので、歩いて向かうことになった。長い石階段を降りきって、一車線の道路に出る。原田は西、ゆるやかな登りになっている方角に向かって歩き出した。

途中で道は二股に分かれ、原田は右手へ入る。山の中腹を削り取って道を作ったらしく、狭《せま》い。辛《かろ》うじて舗装はされているものの、白線は引かれていない。山側には落石防止用のネットが張られ、谷側は傾斜がきつくガードレールもない。下手《へた》したらそのまま谷底へ転げ落ちるという悪路だ。仁科は歩いている原田の後ろ姿と道路、そして浅い谷の写真を何枚か撮った。

ホーホーと何かよくわからない鳥の鳴き声は聞こえるが、それだけ。とても静かだ。周囲を見渡しても、葉の緑色と幹の茶色のグラデーションしかない。歩き始めて十五分ほど経っても、通行人はおろか車の一台とも遭遇しない。

「何にもないな」

前を歩いていた原田が「ですね」と振り返る。

「神主が話してたんですけど、ここ十年で近くの村がいくつか廃村になったらしいです」

行きのタクシーの車窓から見えた、ほのぼのしているとは言い難い薄ら寂しい田舎の景色《けしき》を思い出す。空《あ》き家《や》を放置したのか、朽《く》ちかけた家も多かった。田舎で働く場所もなく、交通の便が悪ければ若い人は出ていく。寂れるだろうなと素人《しろうと》でも想像がつく。

「人がいない割に、あの神社は潤ってる感じだったよな」

社殿《しゃでん》そのものは古くて小さかったが、その隣にあった平屋の棟《むね》が大きくて新しかった。神主に最初に通されたのもそこの待合室で、テーブルや壺《つぼ》といった備品に高級感があり、老舗《しにせ》の旅館なら兎《と》も角《かく》、田舎の神社らしくなかった。

「俺もそこが気になったんですよ。氏子《うじこ》がいなくなっても神社はやっていけるのか、他に何か売れるコンテンツでもあるのかと思って聞いてみたら、人は少ないけど正月にはそこそこ参拝者がいるし、地元出身の有名人がいて定期的に寄付がされてるそうです」

「へえ、有名人って俳優とかアイドル？」

どうしてそこでアイドルが出てくるんですか？　と笑われて仁科は口を噤《つぐ》んだ。

「政治家……じゃない、官僚っぽいこと言ってたかな」

政治家なら知っているかもしれないが、官僚となるとわかるわけもない。そういうのは編集長である飛山の専門分野だ。若い頃、飛山は新聞社の社会記事を扱う記者だった。当時の与党と製薬会社の癒着《ゆちゃく》など様々な事件を追っていたが圧力を受け、記事を潰《つぶ》された上に命まで狙《ねら》われたとか……噂《うわさ》には聞くも、編集長の椅子《いす》に弱ったタコのようにだらしなく座っている今の姿から過去の奮闘ぶりは想像できない。

「こんだけ山奥だと、温泉宿にも期待大です」

原田は自分の腰をパンと叩いた。

「そこ、やってるのは八十過ぎの爺《じい》さん婆《ばあ》さんで、予約は電話だけ。写真も殆どアップされてない。しかも滅茶苦茶ボロくて、メシも不味《まず》くて、いいのは温泉の質だけらしいんですよね」

原田は趣味と実益を兼ねた温泉マニアで、脱衣所もない山中の秘湯や、ガス要注意の危険極まりない露天風呂に喜んで出かけていく。今回の取材も奴の中でメインは温泉だろう。温泉話への反応が鈍かったせいなのか「仁科さん、あんま温泉、好きじゃないですよね」とトーンダウンした。

「普通に好きだよ。お前ほどじゃないけど」

木陰を歩いているので日射しは遮《さえぎ》られても、梅雨《つゆ》まっただ中。昨日まで降っていた雨の影響もあるのかやたらと蒸し暑く、全身がじっとりと汗ばむ。喉《のど》が渇いたが、神社からここに来るまでの間に自動販売機には遭遇していない。

「彼女と温泉に行ったりしないんですか？」

「行ったことないな。それに今は一人だし」

原田が「えっ」と間抜けな声をあげた。

「また別れたんですか」

余計なお世話だ、という言葉を飲み込む。

「もうじき四十ですよね。結婚しないんですか？」

こいつ、突っこんでくるなと思いつつ「そのうちに」と笑って受け流す。

「仁科さんて面食いだし、理想高すぎるんじゃないすか？」

これ以上、女性関係を深掘りされたくなかったので「温泉、まだか」と話を逸らした。

「もう三十分ぐらい歩いたんじゃないか？」

「そうですね」

原田はスマートフォンを取り出し、しばらく画面を見ていたが「繋《つな》がんねぇ」と舌打ちした。

「山ん中だからかな、電波拾えないです」

呟《つぶや》き、スマホをデイパックにしまう。

「もうちょっと行ったら橋があるはずなんで、そこを渡って五分ぐらいです」

話をしているうちに、視界が開けて右手に細い川と橋が見えてきた。橋の長さは十メートル前後、幅も三メートル程と車もすれ違えない。そこを渡ると、再び山の中へと道は続いていく。

奥へ進めば進むほど、道そのものの存在が怪《あや》しくなってくる。舗装はとうになく、轍《わだち》の部分は辛うじて土が見えているが、他は雑草が生《お》い茂る。山側から生えた木がところどころ道にせり出して余計に道幅が狭く感じ、反対側は柵《さく》もなく川に向かった長い傾斜になっていた。

おまけに道は緩やかな登りで息が切れる。まだか、まだかと思いながら十分ほど歩くも、目的地である宿らしき建物は一向に見えてこない。

「すんごい秘境《ひきょう》っぽくなってきましたね」

原田は迷いなく、どんどん山の中に入っていく。

「本当にこの道でいいのか？」

「大丈夫ですよ。宿をレポしてるサイトにも、途中は獣道《けものみち》だってありましたから」

原田は自信満々だ。チラリと時計を窺《うかが》うと、白古神社を出て四十分は経っていた。

そこから更に歩くこと十分。道が二股になり、川沿いと山側に分かれたところで、原田の足がぴたりと止まった。

「おい、どっちだ？」

原田はスマホを取り出した。「こっちでいい筈《はず》なんだよ、こっちで」とぼやきながら、せっかちにスマホを操作する。仁科も自分のスマホで地図を表示しようと試みるも、原田と同じ携帯会社なので繋がらない。急に辺りが暗くなってきて、日が落ちてきたのかと空を見上げたら、いつの間にか灰色の雲に覆《おお》われていた。忍び寄る雨の気配に、仁科はカメラをしまいバッグに防水のカバーをかけた。

「引き返すか？」

「あ、いや……でも、もうちょっとの筈なんですよ」

「神社から歩いて三十分って話だったが、そろそろ一時間経つぞ。登山してるわけじゃないんだし、ここまで時間がかかるのはおかしくないか」

いや〜でも〜と原田は頭を掻《か》く。

「こっちであってると思うんですよ。俺、右の道を行って宿がないか確かめてきます。仁科さんはここで待っててください」

「……了解」

右手を挙げ、仁科は山側に腰を下ろした。原田はデイパックを残し、スマホだけを握りしめて右の道、軽自動車がようやく一台、通れるかどうかの細い道に入っていく。後ろ姿はすぐに見えなくなった。

迷っていた場合、どこまで引き返せばいいんだろう。いや、悪いことばかり考えるな。もしかしたらこの先に温泉宿があって、自分の心配は取り越し苦労に終わるかもしれない。思考を前向きに誘導している間に辺りが目に見えて暗くなり、バラッ、バラッと葉を叩《たた》く音が響きだした。雨だ。鞄《かばん》にカバーはかけたが、商売道具のカメラに湿気は厳禁。濡《ぬ》らしたくない。十メートルほど引き返し、道に大きく枝が張りだした木の下に入った。

まばらだった雨は、すぐさまザーッという本降りになった。水で叩かれて、ムッとした土の匂《にお》いが強くなる。葉の間をくぐり抜けて雨粒が落ちてくる。汗か雨かわからない水分で背中に貼りつくTシャツ、周囲を覆い尽くす草木の緑、緑、緑……ふとカンボジアの記憶が脳裏を過《よ》ぎった。

今は旧友の轟《とどろき》が副編集長という縁で「SCOOP」と契約しているが、昔はフリーだったので依頼があればどこにでもでかけた。その頃、カンボジアの地雷撤去のNPO活動の取材で、カメラマンとして現地に同行したことがある。そこは息詰まるほど蒸し暑く、土の匂いがして……地雷で片足、両足をなくした子供や大人たちが数えきれないほどいた。

「あなたってさぁ、欠損萌《も》えなんじゃない？」

去年まで付き合っていた彼女の言葉が頭の中に響く。考えないようにしていたのに、勝手にあの声が再生される。

綺麗《きれい》な顔で、背の高い女だった。人から羨《うらや》ましがられる容姿を持っていたのに、まだ何か足りない物があるのか、人の悪口ばかり吐き出していた。うんざりしながらも付き合っていたのは、体の相性がよかったのと、セックスの最中に人の悪口を言うわけではなかったからだ。

その彼女と食事の後でバーに入ったことがある。そこでうっかりカンボジアの話をしてしまった。人道支援やボランティアに興味のない女だと知っていたので、そっち系の仕事の話はしたことがなかったのに、酔いが口を滑らせた。

カンボジアで出会った、美しく聡明、そして右足のない少女の話をしている最中

「あのさぁ」と不愉快なタイミングで話を遮られた。カウンターテーブルに肘《ひじ》をつき、長い髪を指先で摘《つ》まみながら彼女は「欠損萌え」の爆弾を放った。

「前もさぁ、外国の陸上選手だったかな、片足の女の子が綺麗って話をしてたよね。そういうシチュエーションに興奮するってだけじゃないの」

その時、自分がどんな顔をしていたか知らない。知らないが……彼女は「えーっ、マジだった？　それってヤバいやつじゃん」と笑っていた。

彼女とはあの後、すぐに別れた。よくある綺麗な顔は忘れかけても、投げつけられた言葉は、頭の中にガムみたいにねっとりこびりついている。

雨はいっこうに止《や》む気配がなく、草むらの中にボチャボチャと水たまりができていく。原田は戻ってこない。周囲はどんどん暗くなり、辺りが見えづらくなってくる。スマホを取りだし、現在位置でもわかればともう一度ネットに繋げようとしてみたが、相変わらずの圏外だ。

雨のカーテンの中、バシャバシャと活《い》きのいい足音が戻ってきた。分かれ道の手前で立ち止まったのがわかり「おい、こっち」と声を上げる。木の下に入ってきた原田は全身びしょ濡れ。一昨日《おととい》だったか、公園で濡れそぼった貧相な猫を見たが、今の原田の姿に微妙に重なる。

「……右の道、行き止まりでした。引き返して左の道に行ったら家があって、温泉のことを聞いたんですけど、こっちじゃないって言われて……」

九割方間違っている気がしていたので、落胆はない。あぁ、やっぱりなと思いつつ「引き返すぞ」と立ちあがった。

「すみません」

原田は肩を落とし、うなだれている。

「完全に日が落ちる前に、もう少し大きい道へ戻ろう」

「そうですね。けどタクシー拾えるかなぁ」

こうなった元凶《げんきょう》が不吉な予言をする。

「ここに来るまでの間、車の一台も通ってなかったじゃないですか」

流石《さすが》に腹が立って「じゃあここで一晩過ごすか？」と突き放す。原田は勢いよく首を横に振り「行きます。すみません」と頭を下げた。

デイパックから傘《かさ》を取り出し広げた原田が「あっ」と声を上げた。

「今、電波拾ってます。繋がったらタクシー呼べるかも」

原田は左手でスマホ、右手に傘を持ったまま、山側とは反対にタッと勢いよく飛び出した。

「おい、ちゃんと前を見て……」

声をかけるのとほぼ同時に、原田の体がぐらりと揺れた。「うわあっ」と叫び、ズザザと音をたてながら傘ごと視界から消える。仁科はカメラバッグを放り出し、木の下から飛び出した。そこは傾斜になっていて、行き着く先は暗く光る川。原田は五メートルほど下で仰向《あおむ》けに転がっていた。傘だけがトントンと転がりながら下へ落ち、ボチャリと川に入った。あっという間に流され、見えなくなっていく。

「おい、大丈夫か!」

「……はっ、はい……どうにか……」

反応があることにホッとする。

「自分で登ってこられるか?」

「多分」

すぐに上がってくるかと思いきや、原田は俯《うつぶ》せになってごそごそしている。

「おい、怪我《けが》でもしてるのか」

更にズサササッと原田が落ちていく。まずい。傘のようにこのまま川まで落ちるのではないかと背筋がひやりとしたが、三メートルほど下にあった倒木にぶつかって何とか止まった。

助けに行こうにも、下手をして一緒に落ちたら最悪だ。ロープとか、何か摑《つか》まれそうなものはないかと周囲を見渡しているうちに、原田は細い木を摑みながら自力で這《は》い登ってきた。傾斜がそれほどきつくないのが幸いだった。

道に手がかかる所まできたので、原田の腕を摑んで勢いよく引き上げる。不注意な男は泥まみれ、四つんばいのままハアハアと荒い息をつく。立ちあがろうとするものの、中腰になったところで原田は「痛《いた》っ」と顔を歪《ゆが》め、後ろ向きに引っ繰り返った。また転げ落ちそうになり、慌《あわ》てて原田の足に飛びついた。

「おっ、お前何してんだよ」

「すみません……」

原田は立ちあがらず、四つんばいのまま仁科が避難していた木の下に入った。

「お前、怪我したのか？」

全ての元凶は俯いたまま「右の足首、メチャ痛いです」と最悪な申告をしてきた。

「落ちた時にスマホがどっかいっちゃって、探しているうちにまた滑って、その時に何か足を捻《ひね》った感じでぶつけちゃって……」

辺りが暗くなった上にこの天気、おまけに怪我人のオプションが追加。もとの道まで戻っても、電波が怪しいこの状況ではタクシーを呼べないかもしれない。神社まで戻れば何とかなるだろうが、原田を支えてだと間違いなく一時間以上はかかる。

ゴロゴロと空が鳴り、ピシャッと止《とど》めの雷が落ちる。愚か者をあざ笑うように雨は激しさを増していく。日が落ちてしまったら、街灯のない場所は歩けないし危険だ。こうして迷っている間に、分刻みで条件は悪くなっていく。

野宿《のじゅく》というワードが頭に浮かぶ。木の下なら、多少は雨風をしのぐことができる。冬ではないし、死にはしないだろう。けれど今以上に激しく横殴りになると、濡れて体温を奪われて……。

「あの、左の道の方に家があるんです。俺が温泉の場所を聞いたとこですけど、婆さんがいて……雨宿りとかさせてもらえないですかね」

迷いはなかった。仁科はカメラバッグを肩にかけて立ち上がり、原田を支えた。自分の方が背が高いせいで、原田と歩幅が合わない。よろけがちな原田のズボンのウエストを背後から摑み、引き上げたまま歩かせる。激しい雨で前も見づらく、服が重たく感じるほど全身はびしょ濡れだ。

二股までできて、左の道に入る。川沿いから離れるので、足を踏み外《はず》して川に転落という危険はなくなったが、周囲がどんどん暗くなる。真っ暗で何も見えなくなったら本気で詰む。もうすぐ完全に見えなくなるぞと覚悟したところで、不意にそれは現れた。

塀《へい》だ。五十センチ四方はありそうな……切り出したままに見える粗野な石が一・五メートルほどの高さまで積み上げられ、更にその上が一メートル前後の白壁の塀になっている。塀の上からは内側に植えられているであろう木の枝が、黒い影になってはみ出している。

そんな塀が三十……四十メートルほど向こうまで続いている。まるで城、要塞《ようさい》だ。塀が高すぎて中にどういう建物があるのか外からはわからない。田舎の広い土地を考慮したとしても、この塀は大き過ぎて圧が強い。

「お前が道を聞いたのって、この家か？」

原田は「そうです」と頷《うなず》く。

「もしかして寺かな？」

「わかんないです。俺も門の前でちょっと話しただけで、中はあまり見えなかったから……」

塀に沿って歩くと、両開きの木戸門があった。こちらも太い木が使われていて重量感がある。門のどこかにインターフォンがないか捜したが、気配もない。木戸の上は長い庇《ひさし》になっているので、雨はしのげる。疲れた表情の原田を庇の下に座らせ、仁科は木戸を叩いた。

「すみませーん、どなたかいらっしゃいませんかー」

雨音が強く聞こえないかもしれないと、声を張り上げる。気づいてもらえなくても、無視されても自分達はここから動けない。

もとの場所へ引き返そうにも、辺りはゲーム終了とばかりに真っ暗。木戸の前に座る原田の表情すら、見えづらくなってきている。

頭の上でガサガサッと葉音がした。木戸の横、塀の内側から張り出した木の枝、黒々した影になったその葉が上下に大きく揺れている。風ではない。何か動物でもいるんだろうか。暗くてよくわからない。目をこらしたところで一瞬、肌色……人の手が見えてギョッとする。ガサガサともう一度大きく葉は揺れ、その後は静かになり、風の勢いでゆうらりと揺れるだけになった。

「どうしたんですか？」

俯いていた原田が、こちらを見上げてくる。

「あ、いや。そこの木のところが揺れて、人の手みたいなものが見えた気がして……」

原田はブルッと身震いし「怖いこと言わないでくださいよ」と両肩を抱いた。

「あんなとこに人が登るなんて無理でしょ」

木の枝は細い。体重の軽い子供でも難しいだろう。

「猿とかじゃないですか？　神主も何か言ってましたよね」

確かに猿の一匹や二匹出てきてもおかしくないほどここは山深い。気を取り直し、再びドンドンと木戸を叩いた。

「すみません、すみませーん」

反応のなさは、心細さを増幅させる。吹きつける雨風に体温を奪われて寒気がきた。門を背に座っている原田もガタガタと震えはじめる。

自分はともかく、このままだと原田がまずい。いっそ石垣を上って中に入ろうかとも考えたが、そんなことをしたら間違いなく通報される。……いや、通報されて捕まり、パトカーに乗せてもらったほうが、雨がしのげて安全に過ごせる確率が高くなるんじゃないだろうか。

もしやるなら、夜遅くならないほうがいい。不法侵入しても、田舎の人だし事情を話せばわかってくれるかもしれない。後は自分がいつ、覚悟を決めアクションを起こすかだ。

「……だれで」

犯罪に手を染めようとした矢先、木戸の向こうから嗄れた声が響いた。仁科は反射的に木戸に貼りついた。

「あっ、あの……少し前にこちらで道を聞いた者の連れです。温泉に行こうと思っていたんですが、一人が怪我をしてしまい、そうこうしているうちに暗くなって身動きが取れなくなってしまいました。申し訳ないのですが、雨に当たらない場所で雨宿りさせていただけないでしょうか」

木戸の内側から、反応はない。

「私達は決して怪しい者ではありません。こちらにある神社と温泉を取材に来た雑誌社の人間です。もし敷地の中に入れるのが不安ということでしたら、タクシーを呼んでいただけないでしょうか。携帯電話が繋がらなくて困ってるんです。固定電話なら大丈夫だと思うので……」

自分達は怪しまれているに違いない。仁科はカメラバッグのカバーを捲《めく》り、中に入れてあった名刺ケースを探した。一枚だけ残っていた名刺を取り出すと、名前の部分にピチャリと雨粒が当たる。慌てて指先で拭い、木戸の隙間《すきま》から奥へと差し込んだ。

「私は取材に同行しているカメラマンの仁科と申します」

名刺が、内側にスッと吸い込まれる。ゴクリと唾《つば》を飲み込み、反応を待つ。沈黙は背中がジリジリするほど長く、こらえきれずに「あのっ」と声を上げた。

「信用できないというのであれば、私はかまいませんので、怪我をしている連れの者だけでも、雨が当たらず、寒くない場所にいさせてもらうことはできないでしょうか」

そこにいるのか、それともいなくなってしまったのか、それすらわからない。固唾《かたず》を飲んで見つめる木戸の向こうから「そこで待ちより」と聞こえた。

「あっ、はい！」

反応があったことに安堵《あんど》し座り込む。隣の原田に「大丈夫でしょうか」と聞かれた。

「わからないけど、このまま放っておかれることはないんじゃないか」

そうは言ったものの、十五分ほど経っても状況は同じ。ひたすら待つのみ。もしかしてこのまま放置されるのではと不安に駆られはじめた頃「おるかえ」と小さな声が聞こえた。

「あっ、はい」

勢いがつきすぎ、仁科の声は裏返った。

「電話、貸しちゃるわ」

それで十分だ。仁科は「ありがとうございます！」と木戸に向かって頭を下げた。カチンと金属の当たる音がして、ギギッと戸の片側が開く。そこから顔を出したのは、背の低いちんまりした婆さんだった。大きな黒い傘をさしているので、顔はよく見えない。手にした懐中電灯をこちらの顔面に向けてくるので、眩《まぶ》しい。

「こんな夜分に、申し訳ありません」

仁科が詫《わ》びると、婆さんは「入り」と体を引いた。怪我人を抱えて木戸をくぐる。原田は「何回もきちゃってすみません」と婆さんに謝っていたが、返事はなかった。

堅牢《けんろう》な塀の内側は、それに沿って大きな木が何本も生い茂っている。庭も広い。婆さんは玄関灯がぼんやりと光る平屋へ、黒い石畳《いしだたみ》の上をゆっくりと歩いていく。暗くてよくわからないが、平屋の奥に高い建物が見えたので、蔵があるのかもしれない。

玄関の引き戸を開けて婆さんが先に入る。「中まで来たや」と言ってもらえたので「お邪魔します」と恐縮しながら敷居を跨《また》ぐ。玄関は広く、二畳《じょう》ほどある。濡《ぬ》れ鼠《ねずみ》なので家に上がることはできず、玄関に立ち尽くす。原田は壁を背にうずくまって座った。

婆さんはいったん家にあがり、すぐに戻ってくると薄いタオルを二枚、自分達に差し出してきた。

「あ、ありがとうございます」

ここで初めて婆さんの顔をまともに見た。歳は七十代後半か、酷《ひど》く痩《や》せて目の下が黒ずんでいる。お世辞にも色白とはいえない婆さんだが、それでも顔色が悪く見えるのが気になった。花柄のシャツの袖口《そでぐち》から覗《のぞ》く、鶏《とり》ガラのように細い腕には、イボが無数にある。顔にも大きなものがいくつかあり、目につく。

婆さんは電話線をひきずりながらダイアル式の黒電話を玄関に持ってくる。それが実際に使われているのを二十年ぶりぐらいに見た。こんな過去の遺物に「助かった！」と胸躍《むねおど》らされる日が来るなんて、昨日は想像もしなかった。

タクシーの電話番号を調べるためにスマホを取りだし、苦笑いする。相変わらず電波は拾えてない。だからこその固定電話だ。

「あの、次から次に申し訳ないですけど、タクシーの電話番号を教えていただけないでしょうか」

婆さんは隣の部屋に消え、電話帳を手に戻ってくると仁科に差し出した。市町村単位で配られている薄いものだ。それを捲っていく。二社のタクシー会社の記載があり、そのうちの一つはバス停から神社に行くまでに使った会社だ。「かわだ」という平仮名三文字が記憶に残っている。迷わずそこに掛けた。

タクシー会社に繋がり、間延びした中年男の声で『今からですか？　はい、大丈夫ですよ』と言われた時は、脱力するほどホッとした。

『で、どこに行けばええですかね』

ここの住所がわからない。廊下にちんまりと正座し自分を見ている婆さんに「タクシーに来てもらうのに、ここの住所を教えてもらってもいいですか？」と聞いた。

「小谷西村《こたににしむら》」

婆さんが無表情に答える。番地が必要ではないかと思いつつ、言われた通り「小谷西村」と伝えた途端、電話の向こうの中年男が『あぁ』と声のトーンを落とした。

『コゴロシ村やね』

えっ、と問い返すと『山王《さんのう》さんちやろ。そこしか家、ないけんね。三十分ばあで着けると思いますけん』とこちらに伝え、一方的に通話は切れた。婆さんに「三十分ぐらいでタクシー、来るそうです」と報告する。

婆さんは「よいこしょ」と立ち上がり「タクシーが来るまで、ここにおったらええ」と息をついた。

「本当にありがとうございます」

帰りの足も算段がついた。歓迎はされてなさそうだが、それでも家の中に入れてくれただけで感謝だ。婆さんは奥の部屋に引っ込んでいく。仁科は原田の隣、玄関に座り込み、カメラバッグを改めてチェックした。カバーをかけていても濡れてしまったが、中まで水はきていない。商売道具は無事だ。

「俺が道を間違ったせいで、ほんと色々すみません」

原田に謝られる。お前のせいだと内心思っていても、それを責めても今更どうしようもない。これからも一緒に仕事をする機会はあるので「次は勘弁《かんべん》してくれよ」と軽く窘《たしな》めるに止めた。それにしても日本国内で、たとえ道があっても、山中で電波が通じないと、あんなに心許《こころもと》なくなるんだなと改めて実感した。

原田は疲れたのか黙り込む。タクシーを待っている間が退屈で、仁科は玄関の周囲を何ともなしに見渡した。婆さんが履《は》いていた茶色の小さなサンダル、同じサイズの灰色の靴《くつ》……そして大きな靴箱の下には男物だろうか、婆さんには大きいサイズの黒いサンダルが一足あった。

ガタンと音がし、振り返る。玄関から上がってすぐ、右手の部屋から婆さんが出てくる。そして玄関に湯飲みを載せた盆を置いた。タオルで拭っているとはいえ、服は簡単には乾かない。冷え切っていた体に温かいお茶は心底、ありがたかった。招かれざる客でも、色々と気を遣ってもらえているのだ。

茶を出した後も、婆さんは廊下の真ん中にずっと座っている。飲み終わるのを待っている素振りに、仁科は熱い茶を急いで飲み干した。原田はそれで暖を取ろうとしているのか湯飲みを両手で握りしめ、なかなか飲み終わらない。婆さんが待っているんだから早く飲め、とも言いづらい。

「ここ、とても広くて立派なお家ですね」

決まり悪い場の空気をどうにかしたくて、婆さんに声をかける。話をしたかったわけではないが、婆さんは「そうやね」と応じてきた。

「何人で住まわれているんですか？」

少し間をおいて、婆さんは「一人や」と答えた。

「ずっと一人」

念を押すように繰り返す。靴箱の下、サイズの大きなサンダルは、遊びに来た子供か孫のものだろうか。

「これだけ家や庭が大きいと、手入れが大変ですね」

「まぁ」と婆さんは相槌を打つ。

「手入れが仕事やけんね。それからここは私の家やない」

婆さんの言葉に驚いた。

「うちは住み込みで、この家の世話をまかされちょるだけ。ほんまは持ち主の許しがないと、この家には誰も入れられん言われちょるけど、今日はしゃあない」

最初の辛《から》い対応も、そういう事情があるなら納得できる。仁科は「本当に、本当にすみません」と謝った。原田がようやく茶を飲み干して湯飲みを盆に返すも、婆さんは置物のように座ったまま動かない。嫌ならすぐに立ち去るだろう。……廃屋《はいおく》ばかりで、人の住んでいない村。山の中の一軒家。話し相手でも欲しいんだろうか。

「大きな家に一人で、寂しくないですか？」

「寂しはないね。ここはやることがようけある」

婆さんはハアッと大きなため息をつく。けっこうな歳だし、家の管理も大変なんじゃないだろうか。

「私たちはこの近くにある白古神社の取材をしてきたんです。あそこがパ……」

パワースポットはこの年代では馴染《なじ》みのない言葉だろうと「御利益《ごりやく》があるそうで」と言い換えた。地元の話題がよかったのか、糸のようだった婆さんの目が少しだけ大きく開いた。

「ああ、そう」

「あそこの神社は、猪の像がたくさんありますね」

そうや、と婆さんはコクリと頷いた。

「あそこは土地のもんに『しし神社』て呼ばれゆうけんね。昔はこの辺でも獣を捕る人がようけおったけんど、もうだあれもおらんなったわ」

「猟師の高齢化ですか？」

目の前の婆さんも高齢なわけで、何げに失礼だったかと焦ったが、表情は変わらない。気にしてなさそうだ。

「若いもんはみんな逃げていったわね」

出て行くではなく、逃げるなのか？　と疑問に思う。

「ここの村は、呪《のろ》われちょるけんね」

食べる、寝ると同じトーンで喋る。急にこの小さな婆さんが薄気味悪くなってきた。呪いなんてあるわけないのに、真顔でそんなことを口にする。自分はホラーや超常現象の類には一切興味がない。

「……どうして呪われてるって思うんですか？」

座り込み、ぐったりとうなだれていた筈の怪我人が婆さんの話に食いついた。そこを掘り下げるのが、悪趣味で好奇心の塊《かたまり》みたいな男、原田といえる。

「昔、疫病《えきびょう》が流行った時に、偉い坊さんがきて山の上に祠《ほこら》を建てたがよ。その祠が四十年ばあ前に山崩れで壊れたわ。それから三晩もせんうちに近くにあった大杉が枯れてしもうてよ。おかしい、何か悪いことがおこりゃあせんろうかって言いよったら案の定、年寄りや若いもんがようけ病気になったわ。こりゃ祠が壊れて、悪いもんが出てきた、祟《たた》りや、恐い言うて、何人も村を出て行ったがよ。残ったもんで祠を新《あたら》しゅう建てたけんど、人は戻ってこんかったわね」

呪い、というからには殺し殺され、恨《うら》み恨まれるのおどろおどろしいエピソードを想像していたが、恐くはない。呪いのせいというよりも、それを理由に田舎を出たというだけの話ではないだろうか。

ジリジリと電話が鳴る。タイミングがよすぎて、そう恐い話でもないのに、仁科はビクリと震えた。婆さんがゆっくりと立ち上がり、右の部屋へ入る。襖《ふすま》を完全には閉めていない上に婆さんは電話の声が大きいので「はあ」「はあ」「そんで」という相槌がガンガン聞こえてくる。

電話は終わったのか、大声の相槌が聞こえなくなる。すると再び婆さんが廊下に出てきて「あんた」と仁科の顔を見た。

「タクシー、来れんなったと」

「えっ、どうしてですか？」

「崖崩《がけくず》れがあって、道が通行止めになったと。この辺はしょっちゅう崩れるけんね」

そういえば山側の道はあちらこちらに落石防止のネットが張られていた。

「ここらへんは道が一本で他にないけん、雨が止んだらすぐに通れるようにしてくれるろうけんどね。しょうがないけん、あんたら今晩は泊まっていった」

放り出されても文句は言えない状況なので、その提案はありがたかった。しかし……。

「その、いいんですか？」

おそるおそる切り出す。婆さんは「ここを管理している」だけの人だ。

「ようないけんど、しゃあないわね」

「あ、ありがとうございます」

原田も「すみません、お世話になります」と頭を下げた。雨宿りから客人へとランクアップした自分達は、順番に風呂へ入るよう促された。ずぶ濡れの靴を脱いで家に上がり、長い長い廊下の突き当たりにある風呂場へと案内される。中は狭いので、先に寒がっていた原田から風呂に入らせた。

湯で温まり、婆さんが貸してくれた浴衣《ゆかた》に着替えると、玄関から入ってすぐ左、畳敷きの十畳ほどの広さの部屋へ通された。そこには既に布団《ふとん》が敷いてあり、座卓の上にはおにぎりとみそ汁の簡単な夕食も用意されている。しかもおにぎりは米が目を見張るほど美味《うま》くて感動した。

婆さんは「布団、使《つこ》うてないし干してないけん、黴《かび》くさいかもしれれんけんど」と話していたが、雨の中で野宿になっていたかもしれないことを思うと、着替えて布団に寝られるという状況は十分すぎるほどだ。呪いの話をする薄気味の悪い婆さんだと思ったことを心の中でそっと謝る。

寝ている部屋とトイレ以外には入らないよう、何かあれば自分は廊下を挟んだ向かいの部屋にいるので、声をかけてほしいと婆さんに言われた。仁科は「もちろんです」と大きく頷いた。

雨や寒さから解放されて布団の上、板張りの天井を仁科はぼんやりと見上げた。時刻は午後九時を回ったところだ。スマホは相変わらず電波が入らないし、テレビもないのですることがない。ごろりと寝返りを打っているうちに、座卓の上に並べてあるレンズが目に入った。カメラバッグが濡れたので、乾かす間だけそこに置いてある。柱も立派で純和風の部屋は雰囲気があり写真を撮りたくなったが、おそらく婆さんは持ち主に内緒でここに泊まらせてくれている。そういう家の写真は、たとえ外へ出す意図がないとしても、撮らない方がいい。

こういう時はサッサと寝てしまえばいいんだろうが、こんな早い時間に布団に入ったことはない。家での就寝はいつも零時を回ってからなので、疲れている筈なのに眠《ねむ》気《け》が近づいてこない。

隣の布団の原田は、タブレットで何か入力している。ネットには繋がらないので、神社の記事を先にまとめているのかもしれない。自分も写真のチェックでもするかと起き上がったところで「今日行けなかった温泉、キャンセル料取られると思います？」と原田が真顔で聞いてきた。

「宿には何の落ち度もないわけだし、ちゃんと払えよ」

ごくごく一般的な意見に「そうですよね」と原田はうなだれる。

「キャンセルの電話、入れたいんですけど……」

それだとまた婆さんに電話を借りないといけなくなる。温泉宿にはできるだけ早く連絡をしたほうがいいが、もうこの時間だ。

「明日、電波が繋がるとこまで出たらすぐに掛けろよ」

原田は「ですね」とため息をつき、タブレットをポンポンと指先で叩いた。

「そういや婆さん、呪いの話をしてたじゃないですか。どこかで聞いたことがあるような話だなって思いませんでした？　田舎ってああいうのがデフォなんですかね」

「そうかもな」

暇にあかせて茶を飲み過ぎたのか、トイレに行きたくなる。仁科は部屋を出て廊下の突き当たり、風呂場の奥にあるトイレに入った。入り口は引き戸で、トイレとしてのスペースは二畳ほどと広く、男性用小便器が入ってすぐの正面、和式便器は左手、ドアの仕切りの向こうにあった。和式便器に水洗機能がなさそうなので覗き込むと、やはりくみ取り式だった。

原田と二人なら気にしないが、婆さんがいるので一応、引き戸に鍵《かぎ》をかける。丸い金属の輪に棒状で先の曲がったフックを引っかけるというアナログなもので、こういう鍵を昔、東南アジアのトイレで見たなと懐《なつ》かしくなった。

くみ取り式のせいだろうか、空間に漂う糞便《ふんべん》の臭いがキツい。小便器の下にある小窓、何のためについているかわからないそれが、時代を感じさせる。

ガチンと背後で音がした。引き戸が揺れて鍵がガチガチと音をたてている。

「すみません、入っています。すぐに出ます」

声をかけると、引き戸は静かになった。

幾分急かされる気持ちで用をすませて廊下に出るも、そこに人の姿はなかった。原田だったら何か一言ありそうなので、婆さんだろう。出直すことにしたんだろうか。

部屋に戻る途中、自分達の向かいの部屋からヌッと婆さんが出てきた。

「さっきはすみませんでした」

婆さんはグウッと仁科を見上げた。

「ん、どういた？」

「あ、いや……さっきトイレに来てましたよね？」

「行っちょらん」

婆さんは少し前屈《まえかが》みになりながら、風呂の手前にある角を曲がって奥へと消えていく。仁科が部屋に戻ると、原田は相変わらずタブレットにかぶりついていた。

「お前、廊下に出てたか？」

「ずっとここにいましたよ。どうかしました？」

原田は画面から目を逸らさない。

「トイレに入ってたら、誰かが戸を開けようとしたんだ。婆さんかと思って後で聞いたら、違うって言うんだよ」

喋りながらゾワッと総毛《そうけ》立《だ》つ。婆さんはこの家に一人で住んでいる。そして原田でもないなら、あの時トイレの引き戸を開けようとしたのは……。

「もう、冗談《じょうだん》やめてくださいよ」

原田がようやくこちらを見た。

「呪いの話をしてたから、人が怖《こわ》がると思ってるんでしょ。その手には乗りませんよ」

……引き戸は開けられようとしていた。戸は揺れ、ガタガタと音をたてていた。気のせいでは、ない。答えが見つけられない仁科の頭に「オカルト」の文字が浮かぶ。いや、それが一番ありえない。やっぱり原田の仕業《しわざ》か？　人を怖がらせようとして、悪戯《いたずら》して知らない振りをしてるんじゃないのか？　それを真に受けて怖がったり狼狽《うろた》えたりしたら、こいつの狙《ねら》い通りだ。

仁科は無言のまま布団に入った。こういうのは嫌《いや》だ。人を怖がらせて楽しもうなんて趣味が悪い。道に迷い野宿になりかけたことも大して怒らないでいてやったのに、この仕打ち。恩を仇で返された気分だ。

……いや待て。原田は右の足首を痛めている。一人で移動する際は四つんばいなのに、自分が用を足してドアを開けるまでの間に、部屋へ戻ることができるのか？　四つんばいでも急げば何とかなるかもしれないが、廊下から騒々しい音は聞こえなかった。そもそも怪我人の状態で、そんな面倒なことをするだろうか。

原田でないとしたら、残るは婆さんだ。違うと否定されたが、婆さんだったんだろうか。あの婆さんが悪戯好き？　それも想像しづらいが……。

　婆さんと原田、どちらがより「やりそう」な可能性が高いかを考えているうちに、婆さんのウエイトが大きくなってくる。段々気持ち悪くなってきた。婆さんは変わっている。こんな寂しい山奥にある他人の家に一人で住み込まなくても、管理が目的なら通いでもいいんじゃないのか？

　人里離れた古い家に、怪しげな婆さん。下手なシナリオのホラーだったら、夜中に婆さんがナタを手に襲いかかってくるというエピソードがありそうだ。

　ナタ……自分の想像の貧困さに苦笑いする。しかしホラー映画のシチュエーションとしては現状、それなりに整っている。土砂崩れで閉鎖された道路。孤立した家。外界との唯一の通信手段は、黒電話のみ。この状況だったら婆さんが自分達に何をしても誰にもわからない。

　そういえば崖崩れでタクシーが来られないと言われたが、自分は婆さん伝《づ》てに話を聞いただけで、タクシー会社の人間とは直接、話をしていない。崖崩れは本当にあったんだろうか。電話が掛かってきたのは事実だが、そもそも婆さんが受けたのは、本当にタクシー会社からの電話だったのか？　疑惑がじわっと広がっていく。

　ここは管理しているだけ。他人の家だから、人を泊めたくないと婆さんは話していた。その状況で「タクシー会社から電話があった」と嘘をついてまで自分達をこの家に引き留めようとするだろうか。

「あんたら」

自分の頭を占拠している婆さんの声が聞こえ、仁科は布団の中で身震いした。血みどろでナタを手にしている姿を想像してしまう。万が一そうであったとしても、相手は婆さんだ。男二人いればどうにか……。

「入ってもええかえ」

「どうぞ～」

原田が軽く返事をしてしまう。いきなり何かやられても応戦できるよう、仁科は布団から起き出した。障子を開け、部屋に入ってきた婆さんの手には、ナタではなく小さな瓶《びん》が握られていた。

「足の痛いほうの子、クスリ塗っちゃるわ」

原田は「えっ、あっ……ありがとうございます。すみません」と恐縮しながら両足を出した。短パンだった原田の膝《ひざ》から下は、路《みち》から転げ落ちた際につけた擦《す》り傷だらけで痛々しい。婆さんは瓶に入っている白い軟膏《なんこう》を原田の足に塗りつけた。瓶には何もラベルが貼られていない。

「あの、それって何の薬なんですか？」

仁科の中で婆さんは謎の怪物になっていて、瓶の中の物体も猛毒じゃ……という自分でも呆《あき》れるような妄想《もうそう》にとらわれている。不安に駆られた男に、婆さんはあっさり「猪の脂」と種明かしした。

「傷にようっ効くけん」

　神社、猪、生活、脂……今日聞いた話が現実的な線で繋がる。

「猪の脂かあ。ここって猪推しが凄いですね」

　原田の言葉に、婆さんが「はぁ」と首を傾げる。原田は「えっと、えっと」とやたらと唇を嘗《な》めたあとで「猪を前面に売り出しているというか」と言い換えた。

「猪はどこも捨てるとこがのうてええ金になったけんど、もう捕る人もおらんね」

　婆さんは指をティッシュで拭い、瓶の蓋を閉じた。

「山によう入りよったけん、呪われたがやろうね。猟をしゆう家にようけ悪いことがおこるけん、みんなやめてしもうた」

「祠が壊れて呪われたって、アレですか？」

　原田が遠慮なくツッコむ。

「そう。うちの家は農家やったけん、ましやったね。……あんたらも早《はよ》う寝えや」

婆さんは部屋を出て行く。原田は「愛想はないけど、いい人ですよね」と無邪気だが、なぜ早く寝ろと勧めるのか、何か仕掛けてくるつもりなんじゃないだろうか……という陰謀説が頭から消えてなくならない。

そうこうしているうちに、またトイレに行きたくなった。けど行きたくない。一人になるのが恐い。しばらく我慢していたが、こらえきれなくなって部屋を出た。廊下には電球の灯《あか》りが三つついていて、それらの間隔が広いので、光が十分に届かず隅《すみ》は真っ暗だ。薄気味が悪い。

トイレに入ったら、また婆さんが外から引き戸を開けようとしてくるかもしれない。けれどあれが婆さんと決まったわけじゃない。そして原田でもないとしたら残された可能性は……。

自分はオカルトを認めたくないから、婆さんに全て責任転嫁《てんか》しようとしているんじゃないか。理屈はさておき、早くしないと膀胱が限界で今にも破裂しそうだ。

仁科はトイレの手前、風呂場の脱衣所に入った。そこは鏡の横に引き戸があり、鍵を開けると庭へ繋がっている。

相変わらず雨は激しいが、家の周囲は庇が大きく張り出しているので壁に沿って歩けば濡れることはない。これだけ雨が降っていれば、自分の排泄物《はいせつぶつ》も綺麗さっぱり流してくれるだろう。トイレという個室の閉塞感より、全てが見えるこちらの方が心理的に何倍もマシだ。

仁科はそこにあった草履を履き、外へ出た。親切で家に泊めてもらっているのに、庭で立ち小便する礼儀知らずな男だと婆さんに知られたくない。脱衣所の傍《そば》は中の光が漏れだして明るいので、庇の下を五メートルほどいった薄暗い場所に決めた。

排泄音は、土砂降りの雨に紛《まぎ》れて消えていく。早く終わりたくて下腹を力《りき》ませて集中し、出し切ったところでフッと息をつき顔を上げた。……脱衣所の灯りにうすらぼんやりと照らされた庭、その奥……木の下に白いものが見える。タオルでも風で飛んだのかと目を凝らし、それが人の形をしていると気づいた時、出しっぱなしだったモノが一瞬でキュッと縮み上がった。

それは裸で、こちらに背を向ける形で木の下に佇《たたず》んでいた。細身で、腰のあたりまである長い髪は濡れそぼっている。濡れた女が体を左右に揺らす。仁科は体の震えが止まらなくなった。あれは……なんだ？

恐いのに目が離せない。ゆらゆら揺れる裸の女。何か変だ。あの女はおかしい。雨の夜に、庭で、真っ裸《ぱだか》で突っ立っているのもそうだけど、形が、立ち姿が……普通と違う。……ぬらり、ぬらりと魚のようだ。どうして……そういえば、ない。嘘だろうと思い、目を凝らした。やっぱりない。ない。あの女には、腕がない……両腕がない。

「はよう　はよう」

土砂降りの雨に混ざって、声が聞こえた。あの女の声か？　仁科はじりっと後ずさった。足が震えて踏ん張りが効かず、そのまま壁にぶつかってドッと音が出る。女の揺らぎが止まり、そして首だけがくるりとこちらに向いた。

息を吸い込み「ひいっ」と悲鳴をあげ、仁科は走った。脱衣所の引き戸から中に入り、薄暗い廊下を駆け抜け、布団のある部屋へ転がり込む。そこには布団が二組敷かれてあるだけで、いるはずの原田の姿が見あたらなかった。

「えっ、嘘だろ……」

ぺしゃんこの布団を捲っても、人がいるはずもない。押し入れも開けたが、そこには黴くさい空洞があるだけだ。

「あっあいつ、どこ行ったんだよっ！」

部屋の中を歩き回っているうちに、スッと障子が開いた。無意識に後ずさり、布団に足を取られて仁科は後ろ向きにドッと転がった。

「何やってんですか？」

開いた障子の間から、原田が四つんばいのまま入ってくる。

「さっき廊下を走ってませんでした？　うるさくするとヤバくないですか？」

「お前っ、どこ行ってたんだよ」

なぜそんなことを聞くんだ？　といった表情で「トイレです」と答える。

「仁科さんいるかなと思ったけどいなくて、風呂の辺りに灯りがついてるのが見えたから、ああ、そういう人かなって」

何を言っているのか、意味が分からない。

「そういう人って、どういうことだよっ」

「トイレでできない人かなって。知り合いにもトイレで抜けない奴、いるんですよ。出るとこ同じだろって言っても、雰囲気的に駄目だって」

脱衣所で自慰していたと思われたことに脱力し、仁科は布団の上に突っ伏した。

「仁科さん、どういう状況でもマイペースの平常運転って流石ですね。クールっていうか」

……そんなわけがない。今も心臓が飛び出しそうなほどバクバクしている。自分達二人と婆さんしかいないこの家で、庭で、真っ裸で突っ立っている両腕のない女を見た。「はよう」「はよう」の声が耳の中で反響する。あれは何だ？

この家には自分達以外に確実に「何か」いる。怖い。今すぐここを出たい。荷物を纏《まと》めて逃げ出したい。けれど外は雨で、土砂崩れで道は通れず、どこにも行けない。逃げられない。原田に話したところで「また自分を怖がらせようとして」と相手にしてもらえないだろう。……布団に横になり、仁科はタオルケットを頭からかぶった。

「俺、もう寝るから」

「どーぞ」

「原田……悪いけど、今晩は灯りをつけたまま寝かせてくれないか」

えーっと不満そうな声があがる。

「俺、暗くないと寝れないんですけど」

「今晩だけでいいから、頼むよ」

仁科はタオルケットの中で小さく息をついた。落ち着け。大丈夫。自分は一人じゃない。ここには原田がいる。今晩だけだ。今晩だけ、夜が明けて朝になれば、きっと大丈夫だ。

……何も考えたくない。妄想したくない。眠りたいのに、神経が昂《たか》ぶっているのか眠気は遠い。目を閉じても、ゆらゆら揺れていた女の後ろ姿と「はよう」の声が脳内で何度も再生される。そうやって記憶の粘土を捏《こ》ね回してぐずぐずしている間に、いつしか意識は遠のいていた。

目を醒《さ》ましたのは、カタンという微かな物音。目が醒めたことで、自分が寝ていたんだと気づいた。辺りは暗いが、真っ暗ではない。部屋の灯りは豆電球だけになっている。灯りをつけておいて欲しいとお願いしたのに、消された。自分が先に寝てしまって、寝ているなら、ついていようが、消えていようがかまわないと思ったのだろう。そして「一応、配慮してますよ」の証拠作りのように、豆電球だけつけてあるのが姑息《こそく》だ。卑怯な男は隣でグウグウと寝息をたてている。

腕時計は午前二時を指していた。時刻を確かめてしまったことを、その瞬間に後悔する。寝直そうと寝返りをうったところで、気づいた。廊下と部屋を隔てる障子が三十センチほど開いている。原田がトイレに行って、閉め忘れたんだろうか。それとも婆さんが覗き見でもしてたのか？

誰が開けたのか、なぜ閉めなかったのかわからない。無視して寝ようと思っても、開いているのが気になって落ち着かない。あそこから何か入ってくるんじゃないか、妄想で恐怖が増殖する。

仕方なく布団から起きあがった。四つんばいのまま、そろそろと障子に近づく。暗いだけだった障子の隙間に、白く丸いものがぼおっと浮かび上がった。顔だ。無表情な女の顔。長い髪……。庭で見たあの女だと記憶が一致した途端、仁科は硬直した。目が合うと、女は口角を上げてニタアと笑った。

ブルブル体が震え出す。……こいつは何だ。カタンと音がして下を見ると、障子の間から手が見えた。女は立っているのか、首は上にある。それなのに手は床を這っていた。人体の構造としておかしい。ありえない。それにさっき見たこの女には、両腕がなかった。じゃあこの下に見えている腕は……。

床にあった手が、ヒュッと何か投げつけてきた。野球ボールぐらいの質量が肩にあたり、畳の上でバウンドする。茶色い……塊。ネズミだ。動かない。ネズミの死骸《しがい》だ。

「うわあああああっ」

仁科は両手で頭を抱え、叫んだ。

「ふははは……ははは……ははは……あははは……あははは……あははは……」

けたたましく渦巻《うずま》く笑い声が、エコーのように遠くなる。寝ていた原田が「ふおっ」と飛び起きた。

「……な、何なんですか」

障子は開いたまま。けれどあの隙間にもう女はいない。

「仁科さん、なに笑ってんですか。ちょっとキモいんですけど」

笑ったのは自分じゃない。そして四つんばいのまま動けない。女は消え、残ったのは畳の上の、ネズミの死骸。

「もしかして、盛大に寝ぼけてたんですか？」

仁科はじり、じりと後ずさり、布団の中に入った。原田が何か喋っているが、返事はしない。何も聞かない。両手で耳を押さえ、震えながら、ただひたすら朝になるのを、まんじりともせずに待ち続けた。


夜明け前に止んだのか、雨音は聞こえなくなった。丑三つ時に女を見てから一睡もできず、午前五時を過ぎて周囲が明るくなってくる気配に、心底救われた。庭側の雨戸を開くと、空は何ごともなかったかのように青く晴れ渡っている。そして布団の横に転がっているのは、ネズミの死骸。それが夜中の出来事が夢ではないと教えてくる。仁科はネズミの尻尾《しっぽ》をティッシュで摘まみ、庭の草むらへ投げ捨てた。

日射しが眩しかったのか「んんっ……」と原田も目を醒まし、のそりと布団の上に起き上がる。

「……おはよ、ございます」

欠伸しながら「そういや夜中に笑ってませんでした？」と聞かれ「覚えてない」と惚《とぼ》けた。女を、化け物を見たと言いたくなかったし、何より信じてもらえる気がしなかった。

朝、婆さんは朝食を準備してくれた。部屋ではなく、台所の隣にある板の間に呼ばれ、年季の入ったちゃぶ台で食べた。夜中のオカルト現象が精神的にキていたのか食欲がなく、半分以上残してしまい、若い原田に片づけてもらった。

自分の使った食器を流しに運んで戻ってくる途中、食器棚の横の小さな棚の上に、写真が何枚か飾られているのに気付いた。白黒のものからカラーまで数枚あったが、その中の一枚に「あの女」の姿を見つけた。女の写った写真立てを手に取り、仁科は婆さんに駆け寄った。

「あのっ、ここに写っている女の人なんですけど……」

この女が真っ裸で庭にいて、夜中に人の部屋に死んだネズミを投げ込んできたとは言いづらい。だから「知り合いにとてもよく似ていて」と誤魔化《ごまか》した。

「姉妹かってぐらい似てるんですけど……何て名前の人ですか？」

婆さんは仁科の手から写真立てを取り、それを近づけたり遠ざけたりしながら「これは静恵《しずえ》さんやね」と目を細めた。

あの女は実在してた。オカルトじゃない。

「若《わこ》うして……三十になるかならんかばあの時に死んだわね」

仁科はゴクリと唾を飲み込んだ。

……少し考えればわかったことだ。写真に写っている人には腕があるし、服や髪型は現代ではない、微妙に時代を感じるものだと。この女は死んでる。この世にはいない。

自分が見た物が何だったのか、もう考えない。考えたって、正解を自分に教えてくれる人はどこにもいないのだと、この瞬間にわかってしまった。

崖崩れは小規模なもので、午前中に土砂の除去作業が終わり、昼前にはタクシーが家の前まで来ることができた。

婆さんは門の外で見送ってくれた。原田は「親切な婆さんでしたよね」と言っていたが、仁科は婆さんへの感謝よりも恐怖の記憶が強烈で「そうだな」とそっけない相槌しか打てなかった。そしてあの家から離れれば離れるだけ「得体の知れない女」から遠くなる、離れられるという現実にホッとした。

タクシー運転手は六十前後の禿《は》げた男で、前の日に神社に向かった時の運転手とは違い、よく喋った。婆さんと顔見知りで「月に三回ばあ、あの婆さんを病院まで送り迎えしよるけん」と話していた。

「けどあんたら、ようこんなとこに来よう思うたね。雑誌の記者さんやったら、ココロシ村の取材かえ？」

……また「ココロシムラ」の名前が出てきた。

「俺らはパワースポットと温泉の取材で来たんですけど、ココロシムラって何ですか？」

原田が問いかけ、運転手は「そっちやないが？」と意外そうな顔をした。

「今から三十年ばあ前やろうか、小谷西村には産院があって、近くの村の子はみんなそこで取り上げてもらいよったがよ。そこの産婆《さんば》が、産まれた子を死産いうて、何人も殺したいうががわかって大騒ぎになってよ。それから小谷西村を、このへんじゃココロシ村って言うようになったわ」

背筋がゾワリとした。祠が壊れた呪い、子供が殺される村、死んだ人間が出てくる家……あの周辺には、悪いものが凝縮しているんじゃないか。

「ただでさえこの辺は人が減りゆうに、それに『コゴロシ』らあがあったけん、人がどんどん出ていってよ。あの村に住みゆうがは、もうあの婆さんばあよ」

車の側面を擦《こす》るようだった山肌が遠くなり、視界が開け、一車線から二車線になる頃に、ようやくスマホの電波が繋がった。原田はもう一泊して秘境の温泉に再チャレンジしようと目論んでいたが、痛めた足が腫《は》れ上がってきたので、おとなしく帰ることになった。

夜にろくすっぽ眠れなかったこと、そしてあの場所から離れられた安堵からか、仁科は新幹線の中で爆睡した。

東京のアパートに帰り着いたのは午後八時過ぎ。すぐに撮影した写真をチェックしフォルダに纏めて「SCOOP」に送信した。明日は他のライターについて、横浜《よこはま》で取材がある。連日遠出はきついので、近場の日帰りでよかった。

カメラバッグを開け、明日の準備をしようとして気づいた。クソ重い超広角のレンズがない。おかしい。なくすはずがない。カメラバッグが濡れたので、寝ていた部屋の座卓の上にカメラとレンズを出したが、翌朝全てバッグに戻した。隙間なく詰めたので、レンズは全て入っていた筈だ。それなのにどこでどうやってなくしたんだろう。新幹線で寝ている間に盗まれたか？　帰り、自分は窓際の席で、隣は原田。カメラバッグは足許《あしもと》に置いてあった。その状況でレンズ一つだけ盗み出すなんて不可能だ。しかし今、超広角レンズはない。ないのが現実だ。……見つからなかったら買い直しになってしまう。万単位の出費は痛い。

肩を落とし、カメラバッグから今回持っていった全てのレンズを取り出す。明日使いそうなレンズと入れ替えようとしたところで、バッグの底に四角い紙片を見つけた。自分の名刺だ。どうしてこんなトコに……と考える。そういや昨日、婆さんに渡す為に取り出したから、その時に落ちたのだろう。残っていたのは一枚だけかと思っていたが、二枚あったらしい。

名刺は仁科春樹の樹の文字の上がふやけて細かな皺《しわ》になっている。もうこれ、使えないな……と何気なく裏返すと、そこに文字が書いてあった。

「ま　た　き　て　ね」

小学生が書いたような、汚い鉛筆の文字。その文字を凝視したまま、仁科はガタガタと体の震えが止まらなくなっていた。

2

「ＳＣＯＯＰ」編集部の入っているビルの近く……のれんは色あせて破れ、表にある食品サンプルの入ったショーケースはヒビ割れてガムテープで補修してあるという安食堂で定食を食っていると、向かいに座っていた原田が急に「ぶっちゃけていいですか」と前置きした。

「俺、本当はサッカーってそんな好きじゃないんですよ」

午前中にスポーツ全般に疎《うと》い仁科でも知っている有名選手のインタビューをすませたばかりだ。

「仕事で関わる分には別にいいんですよ。けど友達にサッカーに興味ないって言うと、非国民みたいな扱いされないですか？　されますよね。アレって一種の同調圧力だと思うんだよなぁ」

原田は物憂《ものう》い表情で「あー早く温泉行きてぇ」と定食のエビフライを尻尾までギリギリとかじった。

午前中はカメラマンとして原田の取材に同行したが、次は別々の現場になる。奴が午後から「埼玉《さいたま》の温泉に取材に行きます」と満面の笑みを見せた時は、正気か？　と耳を疑った。外は鉄も溶けそうな炎天下で、五分も外を歩けば汗が吹き出す。「温泉」と聞いただけで、暑苦しさが倍増する。冬季は休業する温泉もあるらしく「夏こそ狙い目なんですって」と原田は力説していた。

「そういや仁科さんと組んでの仕事って、先々月に四国で道に迷った時以来でしたね」

瞬時にしてあの薄気味悪い記憶が蘇《よみがえ》る。激しい雨、広い家……両腕のない女に、投げつけられたネズミの死骸。常識では処理できない、オカルトめいた出来事は、仁科の中で忘却希望の箱の中に突っ込んである。

「あの時、レンズをなくしたって言ってませんでした？　アレ、見つかったんですか」

「……いいや。古くなってたし、新しいのを買ったよ」

「へーっ。プロの使うレンズって、お高いんじゃないんですか？」

答える前に「おう、お前ら」と馴染みのある声が会話に割り込んできた。髭面《ひげづら》でえびす顔の編集長、飛山がニヤニヤしながら近付いてくる。五十七歳で独身、頭頂部はかなり風通しがよくなっている。

「席、ねえんだわ。隣、座らせろ」

原田が「ハイハイ」と面倒くさそうにトレイごと壁側に寄る。婆さんが水をテーブルに置く前に「A定食ね」と注文した飛山は、おしぼりで顔と首をごしごしと拭い、ぐしゃっと丸めてテーブルの端に置いた。

「首んトコどうしたんですか？」

原田に聞かれ、飛山は「コレなあ」と赤くなっている首筋を掻いた。

「昔っから、汗かくとすぐあせもになんだよ。ほら、俺ってお肌がデリケートだからさ」

飛山は真顔だ。おっさんに繊細な肌アピールをされても……と言いたげに原田は薄ら笑いを浮かべている。

「そういや仁科よ〜お前さぁ女にウケそうなネタ、何か持ってねえか」

「気になるオネエチャンでもいるんですか？」

突っ込んで聞いた原田の頭を、飛山がペチンと叩く。

「馬鹿ちんが。ネタといえば企画に決まってんだろうが」

顔をしかめて舌を出す原田を横目に、仁科は苦笑いした。

「俺はそういうことに疎くて」

「お前、彼女いるんだろ。聞いといてくれよ。場所でも食いもんでも、ウケてるもんなら何でもいいからさ。……そういや記事も書いてたって轟が言ってたっけ。女ウケするもんじゃなくても、コレって企画があったら持ってこいよ」

過去、ルポルタージュを書いたこともあるが、言葉を積み上げていく作業よりも、一瞬を切り取る写真の方が自分は好きだし、合っていると思う。何にせよ声をかけてくれるのはありがたいので「そうですね、いいネタがあれば」と当たり障《さわ》りなく流した。

『……東名《とうめい》高速道路の上り線で横風に煽《あお》られたトラックが横転し、車七台が巻き込まれる事故がありました。トラックの後ろを走行していた……』

誰かがリモコンを操作したのか、天井近くに設置されたテレビがつき、昼のニュースが流れはじめる。午前中、この事故の記事がスマートフォンの検索画面のトップにきていた。

『……この事故による死者は二名となりました』

最初は死者一名の報道だったが、もう一人増えた。A定食が運ばれてきても、飛山は手もつけずに口も半開きのままニュースに見入っている。

「死んだ」

ぼやき、飛山はチッと舌打ちした。

「誰か知っている人でもいるんですか？」

仁科の問いかけに、飛山は「んーっ」と唸《うな》る。

「まぁな」

それから一言も喋らず、飛山は五分ほどで定食を掻き込み店を出ていった。いつもうるさいほどよく喋るので「編集長、途中から何か変じゃなかったですか？　大丈夫でしょうかね」と原田も気にしていた。

午後の撮影場所へ向かう途中、電車の中で高速道路の事故を検索してみた。死者は松戸《まつど》市の五十三歳の女性と都内の六十七歳の男性。男性の名前「山王英郎《ひでろう》」は、元農水省官僚と同姓同名だ。年齢も合っているので本人に間違いない。飛山は昔、新聞記者だったので、個人的に何か関わりがあったのかもしれなかった。

午後の仕事が早く終わったので出版社に戻り、パソコンで写真を確認していると「仁科〜」と轟が背後から近づいてきた。同い年の女性記者で「ＳＣＯＯＰ」の副編集長。主婦が台所から出て来てそのままといった地味な風貌《ふうぼう》だが、時折でかいスクープを取ってくる。「記者に見えないのが私の強み」が口癖だ。二十代の頃にブラジル移民の取材で知りあい、それから付き合いが続いている。「ＳＣＯＯＰ」に自分を引っ張ってくれたのも彼女だ。

「昼間、あんたに電話があったよ。土居《どい》さんて人」

……名前は記憶にない。もしかしたら忘れてるだけで、過去に関わりのあった人だろうか。

「どういった用件？」

それがさぁ、と轟は腰に手をあてた。

「方言だし、自分じゃないとかゴチャゴチャ言っててよくわかんなかったんだよね。けどまぁ、忘れ物を送りたいってことみたいだったから、本人に伝えておきますって連絡先だけ聞いておいた」

渡されたメモには「土居由信《よしのぶ》」の名前と携帯電話の番号が記《しる》されてある。

「メールは使えないって」

電話、面倒くさいなと思ったこちらの気持ちを先読みして伝えてくる。

「忘れ物って何だろ」

「カメラの部品じゃないかって言ってたよ」

部品……もしかしてレンズだろうか。レンズを忘れた、というか取られたのは不気味な女のいたあの家。忘却希望の記憶が、一瞬でフラッシュバックする。もうあそこには関わりたくない。なぜ今頃になって連絡がきたんだろう。しかも相手は土居由信という男で、婆さんではなさそうだ。

無視しておくつもりでいたが、色々と気になって仕事が手につかなくなる。何より忘れ物がレンズなら、それが惜《お》しい。あのレンズは廃番で似たものを買ったが、使い心地が悪い。やっぱりあのレンズがいい。レンズだけは返してもらいたい。

悩んだ末にやっぱり連絡を取ってみることにした。相手は送ってくれるつもりでいるようだし、電話で話すだけなら必要最低限の関わりですむ。決めたなら早いほうがいい。この件をサッサと片付けてしまいたい。不安な気持ちを抑え込み、メモにあった携帯番号にかけた。四回目のコールで繋がり『はい』と低い男の声が響く。

「こんにちは、土居さんでしょうか。仁科と申します。忘れ物のことで、編集部の方にわざわざお電話をくださっていたようで……」

男は『ああ、そうながよ』と急に声が大きくなった。

『わしの母親が、先月亡《の》うなってよ。いろんな病気をしよりもって、それでもまぁ何とか一人で暮らしていけよったがやけんど、ぽっくりね』

なぜか男、土居の母親語りからはじまった。

『その母親が生きちょった時に【忘れ物があるけん送ってほしい】て頼まれちょって

よ。道に迷うた人を家に泊めちゃったら、忘れていった。名刺をもろうたけんど、どつかいってわからんなった。神主さんやったら知っちょるはずやいうてね。それを四十九日の時に思い出して、早う返さんと死んだ婆さんに怒られる思うて神主さんに聞いたら、それやったら神社の取材にきちょった出版社の人らあやないろうかいうて、あんたんとこの電話番号を教えてくれたがよ』

土居の母親は、家の管理をしていたあの婆さんに違いない。四十九日を過ぎたということは、自分たちが泊まった後、そう間をおかずに亡《な》くなったんだろう。確かに酷く痩せていて、顔色もよくなかったが……。

「その節はお母さまに大変お世話になりました。お悔《く》やみ申し上げます。大変な時に忘れ物まで気にかけてくださって、本当に申し訳ありません。お手数ですが、出版社に着払いで送っていただいてもよろしいでしょうか」

『そりゃかまんよ。これで婆さんの頼まれ事も終《しま》いがついて、わしも肩の荷が下りるわ』

出版社の住所を伝え、電話を切る。肩の力がフッと抜けた。不思議なものだ。昼間、原田にレンズのことを聞かれた時は、夕方にそれが戻ってくることになるなんて想像もしなかった。

翌々日、土居からの荷物は無事に出版社に届いた。あるわけないと思いつつ、中から動物の死骸が出てくるんじゃないかと手が震えたが、小さなダンボール箱から出てきたのは、メモ書きのような手紙と、新聞紙で幾重《いくえ》にもくるまれた……傷ひとつない超広角レンズだった。

☆

天井が青い。真っ青《さお》。……まるで空だ。ああ、これは空。本物の空。雲もなくて、とても天気がいい。

よく寝た。なんか寝相《ねぞう》が悪かったのか背中が痛い。起きようと膝を立てたら、左の向こうずねもズキリと痛む。すごい赤紫色。どこかにぶつけた？　何にも覚えてない。

床はぐらぐらして、ちっともしっかりしてない。右足を踏ん張って勢いをつけて立ったら、体が揺れて斜《なな》めにドッと倒れた。どんと体にきても、痛くない。ここは吊り下げた大きな布の上だ。

寝ている間に、お兄ちゃんにいたずらされた？　けどまって、お兄ちゃんは自分を担《かつ》げん。じゃあ、おじちゃんだろうか？

布は布団二つ分ぐらいあって大きい。その真ん中にいるから、布は蟻地獄《ありじごく》のように沈む。足も痛いけど背中も痛い。やっぱり座りたい。体を左右にくねらせてたら布がどんどん右下がりになって、体が斜めにずりずりと動く。布の端っこから顔が外に出る。下を見てギョッとした。地面が遠い。屋根の上に上がった時よりも、もっともっと高い場所。布は木の枝にくりつけられていると思ってたのに、そうじゃない。

真下に水が見えた。これは川？　こんなに大きい川、初めて見た。自分の知っている川は、もっと小さい。水色の水面は、割れたガラスみたいにキラキラ光る。目の中から頭の中までキラキラでいっぱいになって、鼻のつけ根がじわんとする。風呂に入っているように胸がほわほわとする、川と光の気持ちいいところに、ブロロッと嫌な音が混ざる。車だ。車は外の人間が使う。外の人間が来る。

どこかに隠れないと、このままいたら見つかる。俯せのまま前に進む。ガタンと音がして、今度は張った布が左にぐうっと傾いた。布はぐうらぐうらして、立てない。歩けない。隠れられない。どこにも行けない。

「お……にいちゃん……」

小さい声で呼んでみた。

「お…にいちゃん、どこ。どこにおるがぁ」

大きな声で呼んでも、返事はない。

「はようここからおりたい。おにいちゃぁぁん」

急に寂しく、胸がいっぱいになって涙がぽろりとこぼれた。

「おい、あそこはどうなってんだ？」

低く、しわがれた声。外の人間。近くにきた。外の人間は悪い。悪いことばかりする。怖い。顔を布に押しつける。

「足場、崩れかけてんな。シートに何か引っかかってんのかね」

今度は別の声。毛虫に這われたみたいに、肌がぞおっとする。外の人間は一人じゃない。庭から外へ出たらいかんと言われたからちゃんと守った。たまにやぶったけど、だいたい守った。ええ子にしたのに、寝ている間に自分はどこへ連れてこられた？

声は、頭よりも上の方から降ってくる。

「飛行機の部品じゃないか？　たまに落ちるんだろ、アレ」

「この上を飛んでるのなんて見たことないぞ。そういや昨日、石《いし》さんが近くで猪を見たって言ってたな。この辺、多いって」

「猪かぁ。あいつら柵とか平気で飛び越えるからな。下手にシートに引っかかったりしないで川に落ちりゃよかったのに。面倒くさい」

「おい、上から見えるか？」

「無理だわ、こりゃ」

たくさんの声が急に静かになって、今度はガゴンガゴンと鍋を蹴《け》る音が近付いてくる。

「現場監督、ケモノだったら川に落とせって言ってっけど、暴れたらヤバいですよね。俺らにやらせんなっての」

「まぁまぁ」

ゾッとするほど近くで聞こえる。落とすって何を？　外の人間は悪い。だからきっと、落として、殺す。殺される？　怖い。布の底で、背中を丸めた。だんご虫のように、見つからないように、死んだふり。布の下、腰のあたりに何かあたる。ほうきの柄みたいに固いものでドンドン突《つっ》かれる。それ、痛い。

「この感触、やっぱケモノっぽい。猪じゃないかな。突いても反応ないし、もう死んでんじゃないですか。左の固定を外したら下に落ちると思うんでやりましょうか？」

「さっきは動いてたみたいだって誰か言ってたぞ。コレ、猪じゃなくて人だったりしてな〜」

「怖いこと言わないでくださいよ。ここに落ちるってことは、橋からダイビングの激ヤバ物件じゃないですか。……とりあえず何なのか確認だけします。横から上がって見るしかないけど、足場が曲がっててまずいなこりゃ」

「気いつけろよ、竹山《たけやま》」

カン、カンと甲高い音がする。それが止まって、ちょっと静かになる。

「おい、何か見えたか？」

「……ヤバい、超ヤバい」

外の人間の声が震えている。

「真っ裸の女がいます」

「お前、何冗談言ってんだよ」

「マジですって、橋本《はしもと》さん！　マジ裸の女です。動かない……生きてるか死んでるかわかんない……」

「おーい」「おーい」と呼ぶ声。そんなもの聞こえない。聞かない。コツッと頭に何かあたった。顔の横に小さな袋が落ちてくる。これ、知っている。ばあちゃんがたまにくれる飴《あめ》。飴の袋だ。思わず頭を傾ける。「動いた！」と叫び声。驚いて顔を上げる。外の人間と、目が合った。

「ぎゃあああああっ」

おもいきり叫ぶ。外の人間もこだまのように「うわあああっ」と叫んだ。

「橋本さん、生きてる！　生きてる！　ヤバい、ヤバい」

見つかった。見つかったらいかんのに。逃げないと……這いずっているうちに、また布が大きく傾く。

「動くんじゃねえ！　落ちて死ぬぞ！」

男が怒鳴る。死にたくない。怖い。怖い。見つかった。怖い。死にたくない。怖い。怖い。怖い。瞼がじわっと熱くなって、涙が出てきた。

「監督ですか！　竹山に様子を見させたんですが、シートの上に人がいます。足場も相当ヤバいんで、警察と消防に連絡したほうがいいんじゃないかって……」

もう嫌だ。声が怖い。人が怖い。体を揺さぶっているうちに体がずり下がって、頭が出た。髪の毛が、外に垂れる。風の形にふわあっと広がる。

「おい、人だ！　あそこに人がいるぞ！」

遠くからも声が集まってくる。

「橋本さん、なんかこいつ変だよ。腕がない。腕が両方ともない。どこにもないよ。チンコも見えんだけど……髪長《なげ》ぇけど、男かよ？　なんで裸なんだよ。いったい何がどうなってんのか、わかんねぇよ！」

自分を見ている外の人間の顔は青い。怖い、怖い、怖い。自分の口が大きく開いた。怖いが声の形になって喉の奥から突き上げる。

「あああああん、ああああああん、あああああん」

首をふって叫ぶ。怖くておしっこが出る。

「おにいちゃあああん、おにいちゃあああん」

胸がドックドックして、頭の中がぶわっといっぱいのパンパンになって、目の前がすうっと暗くなり、ふうっと何もかも消えていった。

足が地面についてない。ここに来てから、ずっと。この地面はきっと偽物《にせもの》。偽物、まがいもの。ビョーインのことは知ってる。ばあちゃんは、決まった日に「ビョーイン」に行った。ばあちゃんがいない間に、お兄ちゃんと、だめだって言われることをいっぱいした。

ビョーインは「年よりでビョーキの人」が行くところ。ここは子供から大人までいるから、おかしい。本当のビョーインじゃないかもしれない。

布団が高い台の上にあるのが嫌だ。落ちそうで怖い。最初の日は、落ちるのが恐くて眠れなかった。布団だけじゃない、音、色、見えるものぜんぶがうるさくてお腹が気持ち悪い。転がってわあわあ叫んでも次の日も、その次の日も見えるものは何も変わらないから……我慢している。

ここを出ていきたいのに、窓から外を見るたびに足が震える。信じられないぐらい高い場所に部屋があって、目に入るのは、ぎゅうぎゅうした景色。山も木もなくて、小さな箱がたくさん並んでいるだけ。

部屋はとても広いのに、いっつも喉の奥が詰まった感じがする。ここは嫌だ。帰りたい、帰りたい、ばあちゃんとお兄ちゃんと暮らしたあの家に帰りたい。ここがどこなのか知らない。どこに行けばいいのかわからない。ここは「外の人間」の世界。だから嫌なことがいっぱいある。外の人間と話をしちゃいけない。用心しないといけない。

いつもうるさくて気持ち悪いから、ずっと布団の中。お兄ちゃんはどこ？　どうしておじちゃんは迎えに来てくれない？　二人のことを考えていたら、涙が出てきた。

布団の中が熱くなってきて、台の上に座る。足をぶうらぶうらさせる。寝ていても、起きていても、ずっと同じ服。枯れかけたキスゲみたいな色の服。この服は嫌だ。何回か脱いだけど、裸のまんまは寒くなってきて、仕方なくまた着てる。

「失礼します」

戸の外から来る声。また、誰か来たと思ったら体が震えた。

「入りますね」

いいよって言ってないのに、戸が開く。よく話しかけてくる女、その後ろに続いて男が二人入ってくる。二人の男は初めて見る顔。こいつら何？　近付いてくるな。顔が勝手にヒクヒク動く。

「こんにちは。東三丹署《ひがしさんたんしょ》の三代《みしろ》です」

ゆっくりと話す男がヘコリと頭を下げる。おじちゃんみたいな白髪頭《しらがあたま》で、そこだけはいい。

「同じく工藤《くどう》です」

唇の下に黒子《ほくろ》のある男は、早口だ。この二人は力が強そうで怖い。白髪はこっちの顔をじっと見る。

「少し話を聞かせていただいてもよろしいですかね」

白髪がしゃべる。むうっと口を閉じて、唇をしっかり合わせる。外の人間に話す声はない。

「看護師さん、この人は話ができるんですかね？」

白髪に聞かれて女は首を傾《かし》げた。

「名前も生年月日も教えてもらえませんし、返事もしてくれませんが、痛い時は『痛い』と言うので、話せないわけではないと思います」

うーん、困ったねえ……唸り、白髪は眉の間を指で擦った。

「あなたは、橋の補強工事で張られていた防護シートに引っかかっているのを保護されています」

しゃべる白髪の横に、黒子の男。その後ろに立つ女。六つの目は矢のように自分に向かってくる。

「当時の状況からして、何らかの原因で橋から落ちたのではと私らは推測しています」

白髪が「では」と続ける。

「質問に『はい』『いいえ』で答えてくれませんかね。『はい』なら頷いて『いいえ』なら首を横に振るで。……あなたは自分で橋から飛び降りようとしたんですか？」

だるまさんが転んだ。体のどこも動かさない。外の人間に、自分のことを教えない。黒子の男が、白髪に顔を近づけた。

「理解力はどうなんですかね？　質問の内容がわかってないという可能性もあるんじゃないでしょうか」

わからんなぁ、と白髪がぼやく。二人は小さな声で話をはじめ、そして黒子のほうがこっちに近付いてきた。ふわっと嫌な臭いがする。みかんの甘酸《あまず》っぱさにかめ虫が混ざったような臭いで、胸に気持ち悪いがたまってくる。

黒子がポケットから小さなノートを取り出し、目の前に広げた。

「ここに書いてある字、読めるかな？」

みかんとかめ虫の臭いが鼻の奥まで入ってくる。口を大きく開けると、お腹から気持ち悪さがゲボッと吹き上がった。

「うわっ、吐いた」

黒子はげろのかかったノートを床に落とし、トントンとあめんぼみたいに後ずさる。女が近くにきて「大丈夫？」と背中をなでてきた。

「気分が悪かったの？　まだ吐きそう？」

離れた黒子が、また寄ってくる。枕を足の指で摑み、黒子に向かって投げつけた。

「こんとって！」

黒子が立ち止まり、ばんざいした。

「ああ、すみません。僕らはあなたを責めるつもりはないんです。ただ事実関係の確認ができればと」

責める？　悪いことはしてない。悪いのはお前ら。外の人間。臭くて、気持ち悪い。もう形も見たくないし、声も聞きたくない。嫌、嫌、嫌。布団の中に潜り込む。

「こりゃ今日は無理かなぁ」

そんな声のあと、ガラガラと扉の音がした。そして、静かになる。布団をちょっとだけ捲って、まわりを見る。外の人間はいなくなった。ふーっと息をついたところで、いきなり女が入ってきた。驚いて、体が台の上で跳ねる。

「シーツと寝間着、吐いたもので汚れたから取り替えましょうね」

服と布団は、げろで汚れて臭い。台から降り、女がイスの上に置いた新しい服のそばにいく。腹のあたりのひもを足の指で解き、ズボンはかかとで裾《すそ》を踏んづけて脱ぐ。きれいなズボンに両足を入れたら、指と足首に引っかけて持ち上げ、途中でくわえて引き上げる。上着もくわえて背中にかけ、両足でリボンを結んだ。

「何度見ても感心するわ。足の指だけで、器用よねえ」

いつも話しかけてくるこの女は、さっきのやつらよりはまし。変な匂いもしない。でも外の人間だから、信用しちゃいけない。

帰りたい。帰りたい。帰りたい。あの家に帰りたい。どうすれば帰れる？　どうすれば、あそこに連れて帰ってもらえる？

誰かに聞きたい。けれどその誰かには気をつけないといけない。そうしないと、どんな目にあわされるかわからない。そもそも「外の世界の人間」は、自分をちゃんと助けてくれるんだろうか。

ばあちゃんは「外の人間」だけど、そうじゃない。おじちゃんもそうだ。ばあちゃんとおじちゃんみたいな人は他にもいるんだろう。それをどうやって見分けるのか、教えてもらってたらよかった。

同じことばかり考えて頭の中がぐるぐるする。ふとあの顔を思い出した。そういえば、ばあちゃんとおじちゃんじゃない、自分が知っている「外の人間」がいた。家に泊まらせてやった特別な「外の人間」が。

「雨やし、仕方ないわ。泊めんと死ぬかもしれん。門の外で死なれたら、寝覚《ねざ》めがわるいろ。猫でも、ひもじいゆうてみぃみぃ鳴きよったら餌《えさ》をやらなぁいかん気になる。そんなもんよ」

特別な「外の人間」のうち、背の高い方は面白かった。二人が帰ってから、お兄ちゃんと何回もその話をした。「もう一回、来たらええに。こんどはどんな風におどかそうか」とお兄ちゃんは笑っていた。

あの特別な「外の人間」は、うちに泊まった。きっと帰り道を知ってる。あの人間だったら、自分を連れて帰ってくれるんじゃないだろうか。外の人間だけど、ばあちゃんが家に泊めたんだし、きっと大丈夫だ。

「にしなはるき」

汚れた布団カバーを抱えた女がこっちを向いた。目がお菓子を見つけたお兄ちゃんみたいに、ぐわあっと大きくなる。

「それがあなたの名前なの？」

「にしなはるき、よんで」

女が首をかたむける。

「その人はご家族、それともお友達かな？」

にしなはるきは家族じゃないし、友達は知らない。言葉は聞いたことあっても、どんなものかわからない。黙っていると、女は「あのね」と目を見てきた。

「にしなはるきさん、調べてみるけど、名前だけで連絡先を見つけるのは難しいかな。せめてどこで何をしている人かわかれば……」

「しゅうかん　えす　しー　おー　おー　ぴー　ふぉとぐらふぁー　にしなはるき

でんわばんごう　○○○○○○○○○○○」
にしなはるきが持っていた紙に書かれていた文字。紙に大きく写してお兄ちゃんと何回も暗唱した。女が「ちょっ、ちょっと待って。もう一回、言ってもらってもいい？」と慌ててポケットから小さなノートとペンを取り出した。

にしなはるきは「よんで」とお願いしてから三晩過ごした後にやってきた。来ると言っていた日は、朝からお尻がじりじりして、何回も立ったり座ったりしながら、窓の外を見ていた。

長い長い一日、にしなはるきが部屋に入ってきたのは、夕方になってから。太陽は斜めになって、西日がすごく眩しかった。

待って、待って、待ちすぎて、にしなはるきの顔を見た時は、嬉しくて漏らしそうになった。早くここを出たい、家に帰りたい、お兄ちゃんはどこ？　おじちゃんはどこ？　頭の中はそれでぱんぱんで、にしなはるきがくれば、嫌なことがぜんぶなくなる気がしていた。

夜中、ねずみに驚いていたにしなはるきは、新芽みたいな色の服を着て、眉間に皺の寄った……困った時のばあちゃんの顔で自分を見下ろした。

「こんにちは、仁科春樹です。あの……君の名前は？」

「いえ、かえる」

薄暗い廊下。足の裏にくっつくい草のかす。天井の隅のクモの巣。みぞのにおい、厠のにおい。

「かえる！　かえる！　つれて　もんて」

自分の声が、耳に痛い。仁科の息が浅くなり、左手で胸を押さえた。その仕草《しぐさ》にギョッとする。ばあちゃんが死ぬ前によくそうしてた。朝起きたらばあちゃんが廊下にいて、固くて冷たくて、お兄ちゃんと「ばあちゃん、死んだがやないが？」と話してたら、次の日におじちゃんが家に来て「おばあさんは亡くなったよ」と言ってきて、お兄ちゃんは「やっぱりそうやったがや」と泣いた。

「家というのは、君が住んでいたあの古い家のことかな？　あの家は、もうないんだ」

にしながら何を言っているのかわからない。

「家が壊されて、更地《さらち》になっていた。この目で見たから、間違いない」

「いえ、ある。かえる！」

じょうぶで大きな家は、壊れない。泥で作った山とは違う。どんなに雨が降っても、お兄ちゃんが梁《はり》にぶら下がっても、何ともなかった。

ああ、わかった。にしなは、嘘をついている。外の人間だから、嘘をつく。やっぱり外の人間はだめだ。嘘をつくから、だめ。よくわかった。これでわかった。もう信じられる人はいない。

戸のところまで行く。足で開けて、広い廊下に出た。女に呼ばれてこの廊下を何回か通ったけど自分から出たのは初めてだ。家に帰る。自分で帰る。自分で探す。歩いていれば、きっと家に帰れる。そうと決めたら、もうここにいたくない。ああ、もっと早くこうしたらよかった。外の人間に怯《おび》えて、部屋から出なかった自分は弱虫毛虫だ。

白い板の、まっすぐな廊下を走る。先に壁が見えて、窓はあるのにおりられそうな階段がない。行き止まりだ。

「ま、待って……」

にしなが追いかけてきた。外の人間で、嘘をつく。あんなに待ってたのに、今は見ているだけで腹が立つからわざとぶつかって突き飛ばし、反対に走った。向かいからくる人が、右、左に揺れて自分をよけていく。そっちも、行き止まり。どうやって外へ出たらいい？　わからない。自分はここに閉じ込められた？　虫かごのトンボ。怖い、怖い。

にしなが追いついてきた。こいつは悪い外の人間。睨《にら》んでいたら「どうしたの？」と聞いてきた。

「君の住んでいた家は壊されたし、家の管理をしていたお婆さんも亡くなったんだろう」

「そと！」

叫んだ。

「そと！　そと！　そと！」

仲間が死んだカラスになって叫ぶ。顔がどんどん青くなっていくにしなの隣《となり》に女がきて「院内なら散歩できますよ」と口にする。

「じゃあ……散歩にいく？」

帰りたい。帰るには虫かごから出ないといけない。さんぽならきっと外に出る。だから頷いた。

「じゃあエレベーターで行こうか」

にしなは歩きだした。何を言っているのかわからないけど、ここから出られるなら、とついていく。にしなは壁の前に立っている。チーンと音がして壁がたてつけの悪い襖みたいにガガッと左右に開いた。これ、前も見た。まるで地獄の釜《かま》が開いたようで、怖い。体が震えて足がすくむ。

にしなは釜の中にはいり、こちらを見ている。そしてすぐに中から出てきた。釜の口がゴゴッと閉まる。

「もしかして狭いところは苦手かな？　閉所恐怖症とか？」

外の人間は、奇妙な言葉をたくさん使う。

「階段で行こうか」

外へ出たいだけなのに、怖いことばかり。にしなが壁の前に立って、戸を開いた。そんなところから階段が出てきて、びっくりする。

深く落ちていく階段。こっちも地獄の釜みたいで足が震える。にしなが先にいく。もしここが地獄だったら、先に食われるのはきっとにしなだ。

長い長い、地獄の階段をそろそろ降りていく。その間に何人か階段を上ってくる人がいて、慌ててよけた。途中でにしなはドアを開けた。続いて出てみる。そこには、階段を降りる前と同じ、白い廊下があった。高いとこの部屋と同じだけど、ここは窓の外に地面と植えられている木が見える。

にしなは白い廊下を歩き、ガラスの大きな戸の前に来た。ぶつかる寸前で、スッとガラスの戸が開く。勝手に開いた。誰が引っ張っているんだろうと思いながら、慌ててにしなの後に続く。開けたものは閉めないといけないんじゃないかと振り返ると、戸は勝手に閉まった。しばらく目をこらして見たけれど、誰が戸を動かしているのかわからなかった。

やっと外へ出られた。ここの地面は灰色の土でカチカチに固められている。にしなは、灰色の固い道を進んで木の下、茶色い長イスに座った。

風、草と木の緑。やっと知っているものがあるとこに来たのに、どの木も枝や葉が少なくて、痩せてる。何かかわいそう。ビョーインだから、年よりでビョーキの人が来るトコだから、そういうもんも元気がないんだろうか。

「座らないの？」

ずっと立っているのも、ばあちゃんのおしおきみたいで嫌だから座った。庭は元気がないし、いくつかある道のどれが外に繋がっているのかわからない。わからないことばっかりで腹が立って、体がピリピリする。にしなの目玉がちらちらと自分を見ている。

「君の名前は？」

「おしえたらいかんって、ばあちゃんにいわれちょる」

「名前がわからないと、君の身元引受人を探しづらい」

絶対に名前は言わない。きっと悪いことがおきる。

「いえ、かえる。いえ、かえる。つれてもんて」

「だから、君の家はもうないんだ」

にしなはポケットから細長の板を取り出した。その板は黒だったのに、パッと鮮やかな色がついて驚いた。小さいテレビだ。

「……写真は、撮ってなかったか」

写真が、次から次へと湧《わ》いてくる。小さい板の中にどうやって入れてあるのかわからない。顔を近づけのぞき込むと、にしなが急に背をピンと伸ばした。

「それ、なに？」

「……写真だよ」

「しゃしん、どこから出して、どこへしまいよるが？」

にしなはじっ……とこちらの顔を見ている。

「スマートフォン、知らない？」

「すまと……ふぁん？」

「携帯電話だよ」

「でんわ？　でんわはばあちゃんとおじちゃんしかつこうたらいかんがで」

綺麗だった板は、また黒くなった。にしなは目を伏せ、考えている顔になる。こういう時にうるさくしたら、お兄ちゃんもばあちゃんもよう怒った。

「君、年は？」

「しらん」

「知らないって、年を知らないと困るだろう」

「どういて？」

にしなの口が中途半端に開く。

「例えば、学校とか」

「ガッコーらあしらん」

「けど小中は義務教育だから」

「ガッコーは、外の人間がいくところ」

にしなの顔が、次第に固くなってくる。

「もしかして学校に行かせてもらってないのか？　それって虐待なんじゃ……」

にしなの言葉は、よくわからない。

「外の人間とぼくはちがうけん。ぼくは神さま」

にしなの目が、それまでの倍ぐらい大きくなった。

「神さまやけん、いえのそとへでんが。仏さまは、仏さまのうちのぶつだんからでりせんろ。それとおんなじ。外の人間はこわいけんね」

自分を見ていたにしなの目が、右に左にとすばしっこいねずみみたいに動く。

「冗談だろ」

そう言ったきり、にしなの口はしばらく閉じたままだった。

「ちょっと待っていて」

にしなに言われて一人で残された部屋は、六畳間ぐらいの広さで、右と左の棚に本があった。にしなの家の本よりも、いっぱいある。ちゃんと並んでないし、縦、横、斜めにぎゅうぎゅうに詰め込んでいるから、本も息苦しそうだ。

部屋の真ん中にイスと机がある。イスの足を足首にかけて引き出し、座る。スンと鼻を鳴らした。ここは埃《ほこり》の臭いがする。

たいくつで、ドアの真ん前にある窓に近付く。にしなの家と同じ形の鍵だ。飛び出たところをくわえて下ろし、頬をガラスにくっつけて横に引き、少し開けた。外の空気も臭いが、部屋の中よりいっぱいなだけいい。

山がなくて、木がなくて、こんな臭いところでも、じめじめがましになって、風のにおいが変わり、夏がうすまっていくのがわかる。

トーキョーは窓の外から見えるものがどれも同じ。家が蜂《はち》の巣みたいにみっしり詰まって、そこから蜂の人間が出てくる。におい、目に入るもの、うようよしている人間……ぜんぶ気持ち悪くて、最初のうちは何回も吐いた。ようやくそういうのも見慣れてきたけど、トーキョーは嫌だ。

しゅっぽんしゃという、ここも蜂の巣。外から見たら、四角い大きな箱。中に入り、歩きがてら部屋をのぞくと、人がみっしり詰まっていて、みんな蜂のようにごそごそしていた。

べたんべたんとぞうりの音がして、戸がばあんと開いた。にしなと、知らない男が一人入ってくる。初めて顔を見る「外の人間」でも、体は震えなくなった。にしなの家を出たら、会う人間はみんな「初めて見る」「外の人間」。それに触ったり、見たり、話をしたりしなければ「外の人間」は裏山にある雑木とおんなじ、そこにあるだけのもの。

男はお兄ちゃんとおんなじ短かい髪で、丸い顔は油を塗ったようにギラギラしている。日の横に皺があるから古そうな人間だ。おじちゃんとだったらどっちが古いだろう。

垂れ下がった目が自分を見て、嬉しそうに細められる。

「俺に会わせたいっていうのは、このお嬢さんか？　えらいべっぴんさんだなぁ、うちのグラビア候補か？」

しかしなぁ、と男は腰に手をあてる。

「色気が足りんかな。うちの本は美人で品良くよりも、顔はそこそこでも色気ムンムンの方がウケんだよ。それはお前も知ってんだろ～」

にしなの頰《ほお》が小さく揺れた。

「飛山さん、彼は男性です。名前は新《あら》さん」

とびやまと呼ばれた垂れ目の男は「えええっ」と口をタマゴの形にポカリと開けた。

「髪も長いし、スカート穿《は》いてんじゃねえか。胸……確かに胸はねぇけど……」

「新さんが、女性の服の雰囲気が好きだというので」

とびやまの目が自分の、肩の辺りをじっと見ている。外の人間は、いつも自分の肩を見る。外の人間でも腕のない人がいると聞いた時は驚いた。「そのひとらぁは神さまやろ。あいたい」とねだると、にしなは「人数も少ないし、日本人とは限らない」と言っていた。

外の人間の中に、目の色が青かったり、髪の色が黄色い人がいるのは知っている。本で読んだし、おじちゃんが置いてくれたテレビでも見た。犬や猫も、白かったり、黒かったり、ぶちだったりと色の違うのがいるから、きっとそういう感じなんだろう。にしなは外の人間がいる場所はものすごくたくさんあって、住んでいるところで言葉も変わるんだと話していた。

「相談というのは、彼のことなんです」

とびやまは「んんっ、何かよくわからんが……」と唸りながらイスに座った。机を真ん中にしてとびやまの向かいに、自分とにしなは並んで座る。昨日、にしなに「明日会う人は、きっと君の力になってくれると思うので、一緒に来てほしい」とお願いされた。トーキョーを歩くのは嫌。だけど早くお兄ちゃんに会いたいから、仕方なくついてきた。

「六月に原田と四国の温泉取材に行った時、道に迷って民家に泊めてもらいました。そこに住んでいたのが新さんとお婆さんです」

とびやまは「あーなんかそんなような話をしてたなぁ」とてらてら光る頬をボリボリ掻いた。

「先週、広島の病院から、名前、年齢、住所不明な男性患者が俺に会いたがっていると連絡がきました。病院は新さんの親族に連絡がとれないということで、とても困っていた。新さんの写真を見せてもらった俺は、四国の山中にある村の人ではないかと病院に伝えました」

とびやまは「へーぇ」とうなずき、イスにどっかりともたれた。

「病院が調べると、以前住んでいた家は壊されて更地になっていたそうです。俺も現地に行って、自分の目で確認しました。新さん曰《いわ》く、お婆さんが亡くなったあと、おじさんの家に引っ越して、そこで暮らしていたそうです。家から外へ出なかったのでどこに住んでいるのかはわからないし、そのおじさんの名前も聞いてなかったそうで……」

「ハイハイ」

にしなの話を、とびやまが止めた。

「その引きこもりの兄ちゃん、えーっ、新さんだっけ？　の親族を捜したいってことね。それなら雑誌なんか使わなくても、顔写真をSNSのツイッターやら何やらに出しゃ、あっちゅうまに見つかんじゃねえの？　新さん、とびきり美人だしな」

とびやまから、つぃーと鳴き声みたいな言葉が出てくる。にしなは話の間で自分が変な顔をすると、わからない言葉はないか聞いて、教えてくれる。とびやまは、それをしない。

「新さん、ある日目が醒めたら、橋脚の補修工事の現場に張られていたシートの上に、全裸でいたそうです」

とびやまは「はあっ？」とイスから体を起こした。

「前の夜、新さんは夕飯を食べた後にこれまでにない強い眠気に襲われて、すぐに寝てしまったそうです。移動の間も目を醒まさなかったということは、睡眠薬のようなものを飲まされて、寝ている間に橋の上から落とされたんじゃないかと思うんです。警察は自殺未遂を疑ってたようですが……」

とびやまの目が、すうっと細くなる。

「新さんが自殺未遂を誤魔化そうとして、お前に嘘をついてる可能性もあるんじゃねえか」

にしなが歪んだ形の変な口で笑う。

「今は俺が身元引受人になって、新さんはうちのアパートで暮らしてるんですが、その……一緒に過ごした印象だと、本人の前で言うのも何ですけど、自殺するタイプじゃないなと……」

とびやまは「ふんっ」と鼻息が荒い。

「新さん、物心ついた時には、お兄さんとお婆さんと一緒に高い塀に囲まれた広い庭付きの一軒家で暮らしていたそうです。塀の外に出るのは禁止されていたので、学校にも通ってない。文字の読み書きはお婆さんに習ったと。本はあったそうですが、テレビやラジオといったものはなかった。地元の人に話を聞いた時も、お婆さんが家を管理していることは知っていても、誰も新さんとお兄さんがそこに住んでいるとは知らなかったんです」

しゃべったあと、にしなはふうっと息をついた。

「これは明らかに殺人未遂事件なので、犯人を突き止めたい。それと同時に、新さんがどこの誰なのかはっきりさせて、親族を見つけてあげたいんです」

とびやまの目が、何を見てるわけでもないのに、左右にぐるぐると動く。左手で頬を押さえ、右手の人さし指でトントンと机を叩く。

「話を聞いていると異常に閉鎖的というか……どことなく宗教っぽい臭いがするな」

にしなは「実は」と話を聞いてほしそうに、頭をとびやまに近づけた。

「新さんとお兄さんは小さい頃から『神さま』と言われて育てられたそうです」

　とびやまが「うわぁ」と両方の手のひらをぱっと開く。

「ビンゴかよ。宗教関連は気いつけないとヤバいぞ」

「俺も最初は新興宗教かと思ったんですが、新さんに聞く限り、家にあるのは仏壇で仏様みたいです。新興宗派独特の特別な行事なんかもなさそうなので……実のところよくわからなくて」

　とびやまが「ん、ちょっと待てよ」とあごを指で押さえた。

「そういやさっき『お兄さん』って言ってなかったか？」

「はい、新さんには真《まこと》さんというお兄さんがいます」

「そのお兄ちゃんってのは、今どこにいるんだよ？」

「二人でおじさんの家で暮らしていたそうですが、落とされて見つかったのは新さんだけでした。お兄さんは……わかりません。一緒に投げられてお兄さんだけ川に落ち、流されてしまったのかもしれないし、まだおじさんの家にいるのかもしれない。調べてみましたが、今のところ新さんが落とされた橋、その川の周辺から遺体らしきものは上がってきていません」

　とびやまが人さし指をこちらに向けた。

「その兄ちゃんとおじさんって奴が組んでさ、保険金目当てで弟を殺そうとしたって可能性はないのか？」

にしながが急にしゃべるのをやめる。とびやまは今度は両手を組み、親指を突き合わせた。

「新さんの話が正しいと仮定しての話だけどな。俺の経験上、というか全世界の共通認識だろうが、人が人を殺す動機ってのは大半が金だ」

知らない言葉ばかりでも、これだけはまちがい。それはわかった。

「おにいちゃんは、ぼくをころしたりせん！」

強い気持ちを伝えたくてぶんぶんと強く首を横に振った。

「おにいちゃんはいたずらするけんど、ぼくがいたいことはぜったいにせん。ばあちゃんも、けんかしたらいかんいいよった。それにおにいちゃんはこまいき、ぼくのことほうったりできん」

とびやまは「こまい？　古い米ってことか？」と首を横にする。言うことをわかってもらえないことに、腹がたつ。

「おにいちゃん、こんまい。このつくえばあ」

足で机の裏を蹴る。スカートがバサリと大きく揺れた。とびやまが「いやいや」と右手を振る。

「流石に背がそれだけってことはないだろ。幼稚園児じゃないんだからさ」

「おにいちゃん、こんまい」

机の裏をガンガンと何回も蹴る。とびやまが「まぁ、暴れなさんな」と両手を押すように動かす。

「……もしかして小人症《こびとしょう》とか？」

聞いてきたにしなに「なにいいゆうかわからん！」と怒鳴って足踏みする。そしたらスマホを出して、写真をこっちに見せてきた。

「こういう感じかな」

そこにあったのは、手、足、体が短くおばあちゃんの顔をした子供だった。

「ちがう！」

足を上げてにしなの股《また》を軽く踏む。そしたら急に前屈みになり、顔がじわあっと赤くなった。

「ちょっと、何して……」

「おにいちゃん、こっからうえばあ」

にしなが「えっ」と声を出し、額にしわを、ばあちゃんと違ってすぐできて消えるそれを作る。

「……腰から上だけってこと？」

「ぼくは、てがない。おにいちゃんは、あしがない」

やけん、と続けた。

「外の人間みたいに、いっぽいついちょらん。のうてもええもんは、ないが。ほんやき神さまながでって、ばあちゃんはいいよった」

にしなととびやま、二人は口をなくしたように静か。神さまなのは『見ればわかること』なのに、どうして困ったみたいな顔をしているんだろう。ファーッファーッファーッと騒々《そうぞう》しい音が、近付いて遠くなる。あれは怪我をした人を運ぶ「きゅうきゅうしゃ」という大切な車だとにしなは教えてくれた。

「あのさぁ、新さん」

とびやまの口が開いた。

「不躾《ぶしつけ》なことを聞くけどさ、その腕ってもとからないの？」

「生まれつきだと思います。広島の病院で、先天性上肢欠損《じょうしけっそん》だと診断されてました」

聞かれているのは自分なのに、にしなが答えた。とびやまは右手で髪を搔きながら「ふーん」と怒っている猫みたいに唸る。

「体の不自由な兄弟を人目から遠ざけて、家に閉じ込めて育てたってことか？　そういう座敷牢的なことは昭和初期ならギリあったかもしれんが、新さんはまぁ、見たとこ二十代だろ。親はいったい何を考えてるんだ？」

「おやはおらん」

とびやまがこちらを見る。

「ぼくとおにいちゃん、おやはおらんで」

「……亡くなったってことか？」

「ぼくとおにいちゃん、神さまやけん。てんきのえいひに、そらからきたがやと。神さまにはおやはおらんって、ばあちゃんはいいよった」

とびやまは「……こりゃまた……」と両手を頭に置く。

戸が開き、いきなり人が入ってきた。びっくりして体がびくんと振える。黄色いカナブンに似た色の服を着た男が、こっちに気がついて「おっ、すみません」と後ずさった。

「ここで会議中と思わなくて。後にします」

出ていこうとしたカナブン男を「待って」とにしなが止めた。

「原田、今時間ある？」

「え、あ、はい。まぁ～大丈夫ですけど」

その声を、覚えている。カナブン男は横目でチラリと自分を見た。

「先々月、四国で俺と一緒に民家に泊めてもらっただろ。あの時、家主の名前を聞かなかったか？」

「婆さんの名前ですか？」

「あ、いや。婆さんは家を管理してた人だから、もともとの持ち主の名前だよ。聞いた気がするんだけど、忘れてしまって……」

「すんません、俺の記憶には一ミリも残ってないっす」

そうだ。にしなと一緒に泊まっていたのはこの男だ。

「覚えてんのは、猛烈な猪プッシュと、コゴロシムラぐらいで……」

コゴロシムラ？　ととびやまが首を傾げた。

「俺らが雑誌のライターって言ったら、帰りのタクシーの運転手がコゴロシムラの取材かって聞いてきたんですよ。何かすげぇネーミングだと思って」

コゴロシムラ、コゴロシムラとブツブツ呟いていたとびやまが「思い出した」と机を叩いた。ばあんと大きな音がする。

「昔、知り合いがその事件を追っかけてたわ。三十年近く前、まだ俺が新聞記者やってた頃だな。……そういやあれって四国だったな」

三人がしゃべると、知らない言葉が、ゴムボールみたいにぽんぽんとあちこちで跳ねる。わからない。わからないもので頭の中はごちゃごちゃしてきて、もう何にも入る隙間はない。

目を閉じる。うるさい声を頭の中から追い出して、帰りたい家のことを考える。あの家だと、目を閉じたら虫か鳥の声しかきこえないのに、ここは群れてけたたましく鳴くカラスに取り囲まれているようで騒々しかった。

☆

出版社に出掛けて疲れたのか、新はアパートに帰ってくるなり、部屋の隅に畳んでいた布団に凭《もた》れて座り込んだ。腹は空《す》いてないか聞いても、首を横に振る。

トイレから出てくると、新が掛け布団の間に頭だけ突っ込んでいてギョッとした。最初は突拍子のない行動の理由を一つ一つ聞いていたが、全てを言語化して説明することが本人のストレスになると気づいてからは、どうしてそういう行動に出るのか聞かずにこちらで勝手に解釈するようにした。彼の考えや行動は、子供に近い。衝動的で、単純。……布団の中は暗い。音も遮られる。静かな場所にいたいのかもしれない。

それなら音の出ること、音楽を流したりテレビをつけたりしない方がいい。仁科はそっと椅子に腰掛け、ノートを取り出した。パソコンにメモした方が後々便利だが、タイピング音がうるさいかもしれないし、思考をまとめるには紙の方がいい。

明後日《あさって》、もう一度四国に行く。新は連れて行かない。犯人が誰なのか、どこにいるのか見当もついてないからだ。婆さんの死後、新とその兄はおじちゃんの家の近くにある離れに二人で暮らしていた。家の場所は、婆さんと住んでいた家から引っ越した時に「そんなながいことはくるまにはのっちょらんかったで」という新の言葉を信用するなら、近くて隣接する市町村、遠くて隣県、高速と橋を使えば広島、岡山までは可能性がある。

仮に「おじちゃん」が犯人なら、近くに新を連れて行けば見つかってしまうかもしれない。寝ている間に落とされたという状況からして殺すつもりだったのは明確。それが生きていると知られたら、再び命を狙われるかもしれない。

少しでも手がかりになればと、足指で器用にひらがなを書く新におじちゃんの似顔絵を書いてもらったが、絵心はなかったらしく幼稚園児のような、かろうじて人とわかる物体しか書けず、参考にならなかった。わかっているのは、新よりも背が低い中年男性……それだけだ。

警察にも頼んだ方がいいんじゃないだろうか……その思いは何度も胸に浮かび、沈んでいった。全て新の記憶が頼りで、世話をしてくれていたおじちゃんの家の場所はおろか、おじちゃんの名前すらわからないという異様な状況。おじちゃんの家に引き取られた兄弟が暮らしたのは六畳二間の部屋で、昼間は外側から鍵がかけられて出られず、窓から見える庭は草木がぼうぼう生えて藪《やぶ》になっていたと新の話は具体的だが、それでもおじちゃん、兄……全て存在せず「妄想」の可能性もあった。

仁科自身、あの雨の日に婆さんと新たち兄弟が住む家に泊まっていなければ、悪戯をされなければ、広島の病院に呼び出されなければ、新という人間と関わり合いにならなければ、この話を信じなかったかもしれない。

会いに行った広島から帰ろうとした時「ここはいや」「おいていかんとって」と新に泣きつかれた。入院前の新を知っているのは、新の兄とおじちゃん、たった一日家に泊まっただけの自分の三人しかいない。しかもおじちゃんは新を殺そうとした可能性がある。兄は現時点で敵、味方どちらの立ち位置にいるのか、生きているのか死んでいるのかもわからない。そう考えると、新の味方は自分一人だけ。しかも閉鎖的な空間で育てられ、世間を知らないこの状況。とても一人で放っておけなかった。

数奇な生き方をしてきた「新」という人間のルーツ、生い立ちを知りたい。親族を見つけてやりたい。そして……おじちゃんという人間をあぶりだし、法的な裁きをうけさせたいと強く思った。

新を引き取ったのは衝動的でも、後悔はしてない。これも縁だろう。とはいえ広島から東京への移動は大変だった。新は人ごみが恐怖だったようで、帰宅客でごったがえす駅の改札を見て立ち尽くした。ぼろぼろと涙を流し「あそこにはいきとうない」とお漏らしした。高速バスなら乗車人数も決まっているし大丈夫かとそちらにするも「ならんで外の人間がすわっちょるがこわい」と震える。仕方がないので、レンタカーを借りて高速をひた走った。

お婆さんと住んでいた家からおじちゃんの家への車での引っ越しは楽しかったらしく、車は嫌がらなかった。今は昼の時間帯の空《す》いている電車になら乗れる。順応性はあるのでそのうち人ごみも平気になりそうだ。

退院時、新は服がなかったので、病院近くの量販店で買ったTシャツと綿パンツ、サンダルを渡した。細身を考慮してSサイズを買ったが、それでも本人には少し大きかった。

高速を走っている間はシートベルトをしてほしかったが、新は「これはくるしい」

と嫌がった。必要性を説明しても、硬い表情で首を横に振る。これ以上勧めると泣いてお漏らしの上、癇癪《かんしゃく》をおこしそうで諦めた。新は後部座席で横になったり、窓の外を見たりと、静かに過ごしていた。

高速を走ったのは夜で、パーキングエリアで何度か休憩した。そのたび、新は外へ飛び出した。ドアの開閉を教えると、次からは足の指で器用に開けた。

最初、勢いよく駐車場に駆けだして車にぶつかりそうになり、盛大にクラクションを鳴らされて肝が冷えた。それも一度「危ない」と学習すると、次からはちゃんと左右を見るようになった。

外へ出ても新は店やトイレにはいかない。建物の横の公園、木の傍にススッと寄ってゆき、ぴたりとくっつく。その姿を見ているだけで、新の不安がこちらに伝わってくる。

新しい物を恐がり、拒絶する反面、興味を持つものもある。飲み物の自動販売機は気になったのか、それを買う人を背後からじっと見つめていたりもした。

新は人目を引く。頭が小さくて鼻が高く、切れ長の目の形も綺麗だ。白い肌と長い髪もあいまって、男物の服を着ていても、大多数の人は彼を女性だと思うだろう。若い男の視線が新にむけられていることに、何度も気づいた。けれどそれは、すぐ決まり悪そうに逸らされる。腕がないことに気づくからだ。自分が見た事実を確認するように、不自然に新の前後左右に回り、腕の有無を確かめている男もいた。

眠気には勝てず三十分ほどの仮眠を何回かとり、東京に帰り着いたのは朝の六時過ぎ。レンタカーを返し、そこから自宅まではタクシーを使った。駅や電車は混んでいなかっただろうが、新が乗れる気がしなかった。

タクシーの車窓から早朝の東京の街並みを見ていた新は、「ここ　わるい」とぽつんと呟いた。

「ここは、とてもわるい。きもちわるい」

山の中で暮らしていた新にしてみれば、自然が排除され、道路と建物しかない街をそう感じても仕方ないのかもしれなかった。

仁科のアパートに来た新は、強張《こわば》った表情にうつろな目で、部屋の隅に小さく縮こまった。もっと真ん中においでと言っても、半日は隅から動かなかった。ようやくそこを離れたのは、仁科がテーブルで買ってきた弁当を食べはじめてからだ。空腹には勝てなかったか……と思ったが、新は弁当を半分残した。そして「おいしいない」と泣いた。

「ふるうなったこめのにおいがする。ばあちゃんのたいたうまいこめがくいたい。さといものにいたがくいたい」

しくしく泣かれても、自炊などろくにしたことがない。コンビニ飯よりましかと、デパ地下で何度か総菜を買ったが金銭的に続くはずもなく、大学以来の自炊をする羽目になった。仁科が作れば新はそれを食べたし、どんなにおかずの味や形が悪くても、文句は言わなかった。

ここに来た当初の新は、陸に上がった魚さながらぐったりして仁科を心配させたが、そこそこ食べ、眠るようになると次第に元気になってきた。

外を嫌がるので、仕事の間は新をアパートの部屋に残していく。新はおじちゃんの家で初めてテレビに接していたが「外の人間のもんはうるそうてきもちわるい」と嫌がっていた。パソコンを勧めても「めぇがチカチカする」と見向きもしない。

アナログな新が唯一興味を示したのは写真集だ。仕事柄、部屋に写真集は多いが、ある日家に帰ると床に写真集が散乱していて、泥棒にでも入られたのかとギョッとした。そんな惨事《さんじ》も一度だけで、「見たら本棚に戻して欲しい」とお願いすると、次から新は散らかさなくなった。

海外のファッション雑誌、アイドルやグラビアモデルなど人が写った写真集を新は繰り返しよく見ている。

「これ　ええ」

新が足で開いていたのは海外のファッション誌で、金髪のモデルがふわふわした素材のロングスカートを穿いていた。

「ええな　ええな」

女性用だが、嗜好《しこう》は人それぞれなので「そう」とだけ相槌を打った。その翌々日、新の服が下着も含めて二セットしかなく、着替えが足りなくなってきて「君の新しい服を買いに行くけど、一緒に来る？」とダメ元で声をかけると、迷うことなくついてきた。

人ごみの中では顔をしかめるので相変わらず騒々しい場所は苦手のようだが、ファストファッションの店に入った途端、不機嫌だった顔がパッと明るくなった。そこでもチラチラと新を見る人の目はある。けど本人は気にすることもなくロングスカートの前に行き「これがえい」と足踏みした。

「女性用だけど、いいの？」

「おとことおんなで、なにがちがうが？」

新の生活してきた世界には、三人しか人がいなかった。しかも女性はお婆さんだけ。女性用、男性用の差を理解できなくても無理はない。違いを「そういうものだから」「当たり前だから」と言い切ってしまうのは簡単だが、なぜ当たり前なんだと追及されたら、それにどう答えればいいのかわからない。

迷い、最終的に「男性と女性だと、たいてい男性の方が体が大きいから、それに合うように作ってあるんだ」と説明した。

「そうながや。じゃあきれたらえいがやね」

駄目とは言えなかった。「試着といって、買う前に着られるかどうか試せるから、やってみればいいよ」と教えたところ、その場にしゃがみ込んで器用にスウェットのパンツを脱ぎ始めた。

「こっ、ここじゃ駄目だよ。専用の部屋があるから、そっちに行こう」

半裸の新は「そうなが？」と不思議顔だ。

「みんなの前で裸になっちゃ駄目だ」

「どういて？」

「恥ずかしいからだよ」

「ねこもさるもはだかやろ？」

この新問題に対して、いい説明が思いつかない。

「君が恥ずかしくなくても、見ているまわりの人が恥ずかしいんだよ」

「にしなも？」

新に見つめられ、決まり悪さを感じながら頷いた。脱ぎかけのままスッと立ちあがった新は「どこやったらえいが？」と聞いてきた。

仁科はフィッティングルームの外で待っていたが、新が「どうやってきるが？」と聞くので、仕方なく中に入り手伝った。

ロングスカートは気持ち悪いほど新によく似合っていた。化粧をしなくても美しい顔、細身の体型でスカートを穿くともう女性だ。新は、フィッティングルームの中で右に、左に、何度もくるくると回っては、スカートの裾が揺れるのを楽しそうに見ていた。

「君は髪も長いし、スカートを穿くと女性に間違えられるかもしれない。それでもかまわないの？」

買う前に、もう一度念を押したが「なにがいかんが？」と……新は問題点すらも理解してなさそうだった。

バタンという音で、我に返る。ボールペンを握りしめたままぼんやりとしていた。

新は布団の横にいない。脱皮のように服が残っていたので、風呂に入ったんだろう。ここに来た最初の日、風呂に入るのを手伝った。その時、改めて新の肉体の全貌《ぜんぼう》を目にした。両腕がない以外は、どこも変わっているところはない。肩の丸みから脇腹《わきばら》へは、柔らかい曲線で繋がっていて、最初から存在を予定されていなかったように、両腕は痕跡《こんせき》も残っていなかった。

　この形をどう捉えるかは人に依ると思うが、個人的には美しいと感心した。芸術家が、自らの感性で理想のラインで作り上げた彫刻のような、研ぎ澄まされた美が見える。神が、意図してこの形を作り上げたのではないかと思うほど、仁科の目から見た新の形は完璧だった。

　あまりに神々《こうごう》しく、新の肌に触れる手が少し震えたほどだ。それと同時に、恐くなる。これは「正しい」のだろうかと。前の彼女に、欠損萌えだと言われた。自分が「美しい」と思うことが、そういう嗜好に基づく感覚だとしたら、これは邪《よこしま》なのではないかと。それは違うと自身に強く言い聞かせた。ミロのヴィーナスを美しいと言っても、誰もそれを欠損萌えだとは言わない。なくなった腕は人の想像力をかきたてる。そしてないからこそ生まれたあの神がかり的なバランスで、世界中の人々があの女神の虜になったのではないだろうか。

　シャワーの温度調整さえしておけば、新は一人で風呂に入れることがわかったので、それからは手伝っていない。助けが必要かと積極的に声もかけてない。自分の感情は正しいと思っていてもこの、美しいと感じるものを見てはいけない。そんな感覚が頭の隅にある。

思考は突然の着信音で分断された。スマホに表示されていた名前は飛山。編集長なので番号は登録してあるが、掛かってきたのは初めてかもしれない。納品した写真で問題でもあったんだろうかと不安になり、すぐに出た。

『おぅ、仁科。俺だけど〜』

飛山は賑《にぎ》やかな場所にいるのか、ザワザワとうるさい。

『お前、昼にコゴロシムラの話をしてただろ』

自分から話を振ったわけではない。原田が記憶に残っていたと口にしただけだ。

『アレが気になってなぁ、昔の知り合いに連絡して聞いてみたのよ。事件のあらましはネットで検索《ググ》りゃある程度は出てくるんだが、そいつ曰く、記事にできなかったことがあったらしくてな』

もったいぶった口調に誘導されて「……何ですか？」とつい聞いてしまう。

『産婆はな、産まれた子を全員、殺してたわけじゃなかった。手にかけたのは、見た目で障害のわかる子だけだったんだとさ。あの村は、障害のある子供の出生がやたらと多かったらしくてな。中には親から依頼されて殺したってケースもあったそうだ』

もしかしてその産婆から守るために、新と兄はあの家に閉じ込められたということだろうか？　いや、それは違う。産婆に子を殺されたくなければ、最初からその産婆に関わらなければいいのだ。

『お前、近いうちに四国に行くんだろ。俺は明日から親戚の葬式で福岡なのよ。新ちゃんの件は色々とデリケートな問題も絡《から》んでそうだから、忘れねぇうちに伝えておこうと思ってな』

「わかりました。わざわざありがとうございます」

飛山の反応はない。電話を切った？　いや、まだ騒々しい環境音は聞こえてくる。

『新ちゃんの話を信じるなら、誰かに殺されかけたってことだろ。お前がどんな風なやり方で進めていくか知らんが、周辺を探っていくなら、犯人とばったり顔を合わせる可能性もある』

それなりに覚悟をしていても、実際に人から注意されると現実味が増してくる。

『ヤバいと思ったら深入りするな。さっさと引き上げて、警察に任せろ』

通話を終えたあと、急に恐くなった。犯人捜しなど、自分のカテゴリーではない。危険も承知で、なぜ金と時間をかけて探ろうとするのか。それは自分だけだからだ。自分しか新の過去、未来、これからに協力しようという人間がいないからだ。

新がバスルームから出てきた。全裸の体からは湯気が立ち、濡れた長い髪がべったりと体にはりついている。

「かみ　かわかしてや」

膝を折り、顎《あご》と胸の間で挟んだドライヤーを仁科の目の前にガタリと落とす。人の都合など聞かず、やれとばかりに人の正面に座り込んだ新の髪にドライヤーをあてた。やたらと長いし、乾かすのに酷く時間がかかる。こういうのは苦手だし、歴代の彼女の髪も乾かしたことはないのに、新に対しては「やらなければ」の気持ちが先に立つ。

新は自分のことは自分でする。それなのにどうしてこれだけ人に頼むのか不思議だったが、これまでの行動パターンから推測するに、髪は婆さんか兄に乾かしてもらっていたのかもしれない。

新は両足を投げ出して座り、俯いたままじっとしている。白い肩にかかる濡れた長い髪は官能的で、女性を相手にしている気分になるが、股の間からぶら下がっているのは、紛れもなく男性器だ。風呂から上がったらすぐに下着を穿くように言うと「あせかくやろ。ねるまえにははく。ずっとこうしよったもん」と嫌がった。

ここはお前の家じゃないと思いつつも、どうせ自分しかいないし、火照りがおさまるまでの間だと注意するのはやめた。

髪の根元から順に、先へ向かって乾かしていく。何度か新の肩に触れ、そのたびに慌てて指を引いた。

本来、あるはずのものがない。それを美と感じる部分が、確実に自分を昂ぶらせる。けれど新は、自分の視線にどういう感情があるかなど、考えたこともなければ、想像もしないに違いない。

新はこれからどうなるんだろうと思い巡らせたことがある。犯人が世話をしていたおじちゃんという人物だったとして、罪を認めさせることができたとしても、身よりが見つからなければ新は一人だ。

この男が、一人で生きていけるのだろうか。身の回りのことはできたとしても、小学校教育も受けていない状況なので、職業訓練的なことをしなければ、就労は困難だ。今はこちらが準備して必要最低限のものを渡しているが、それらは本来、自ら稼《かせ》いで得ないといけないということを、与えられるのが当たり前ではないということを、新は知っているだろうか。人神など存在しないと、いつ理解できるだろう。

何か大きなうねりの中に吞《の》み込まれている。犯人捜しなんて自分らしくないことをしていると自覚しつつ、この男に関わることを辞めようとは思わない。

指が、肩に触れる。慌てて引いたが、新がフッと顔を上げてこちらを見た。その美しい顔に、その目に……混乱する感情を読み取られているようで落ち着かない。

「わるいことしたかお、しちょる」

指摘に息が止まりそうになる。思わずドライヤーを落とし、ブオオオッと温風が自分の膝にあたる。新は「おとしたぁ　おとしたぁ」と声をあげ、目を細めてニタアと笑った。

3

路線バスは客が二人しか乗っておらず、自分のほかは白髪の女性が一人だけ。車窓から見える景色は、弱い雨にうっすらとぼやけている。

空港から電車で移動、そこからタクシーの予定だったが、二時間に一本というバスがタイミングよくきたのでそれに飛び乗った。今月は余計な出費がかさんでいたので、少しでも節約したかった。

バスは山中に入り、川沿いの道を十分ほど走ると、急に視界が大きく開けた。「次は不和《ふわ》〜」と目的地のアナウンスが流れ、慌てて降車ボタンを押す。

バス停のある高台から、ふもとに家が十軒ほど見える。スマホは圏外で、ネットの地図も見られない。事前に印刷して持ってくればよかったと後悔しても、今更だ。前回も電波が通じなかったのに、自分は少しも学習していない。

あの周辺にいるのは確かだし、誰かに聞けばいい。そう考えていたが、集落の中に入っても雨が降っているせいなのか表に出ている人はいない。

検索で目にした記憶を頼りに、だいたいこの辺……という所にやってくる。苔《こけ》がついたコンクリートの塀、その奥に見える木造の古い平屋……玄関の横には、簡素な長椅子が置かれてある。

この家だと思うが、門柱に表札は出てない。玄関にあるのかもしれないが、門から家の前までは二十メートルほどの距離がある。名前を確かめるためだけに、人の家の敷地には入りづらい。迷っている間に、そぼ降る雨で足元はじっとりと湿っていく。

躊躇《ため》いを振り切って門を抜ける。玄関まではコンクリートで舗装されているが、素人仕事なのかガタガタで、凹《くぼ》みに水がたまっている。ちょうど真ん中まできた時に、引き戸がガラガラと開いた。

白い肌着に砂色の半ズボン姿の男が玄関先に出てくる。自分に気づくと、ぴたりと動きを止めた。

「こんにちは」

挨拶《あいさつ》に、男は無言のまま小さく頭を下げた。歳は五十代後半だろうか。日によく焼けている。

「こちらは土居さんのお宅でしょうか」

「……そうやけんど」

「もしかして、土居由信さんですか？」

「あんた誰で？」

「はじめまして。SCOOP編集部の仁科と申します。以前、忘れ物だったカメラのレンズを送っていただき、その節は大変お世話になりました。ありがとうございます」

こちらを警戒していた男の顔が、ふわっと緩《ゆる》んだ。

「ああ、あんたやったがかえ」

「取材でこちらに来る用があったので、改めてお礼をと思い寄らせていただきました」

「そりゃあまた丁寧にすまんかったね。そこは濡れるやろ、こっちにきたや」

手招きされて、玄関の庇の下に入った。仁科はデイパックから、空港で買った菓子を取り出した。

「これ、つまらないものですが……」

「ありゃあ、そんな気いつかわんでもえかったに。すまんね」

差し出した菓子を、土居は遠慮なく受け取った。

「お母様にはとても親切にしていただいたのですが、亡くなられたんですね。もし差し支えなければ、線香をあげさせてもらってもいいでしょうか」

「かまんよ、どうぞどうぞ」

土居に促されて、家の中に入る。玄関は二畳ほどあり、廊下にあがるとミシリと床が軋《きし》んだ。天気もあいまって、部屋の中は薄暗い。仏間は入ってすぐ右の部屋の奥にあった。そこには婆さんの小さな写真が置かれていて、ああ、確かにこういう顔だったと思い出した。

ここに来る理由にしてしまったが、あの時家に泊めてもらって助かったのは事実。感謝して線香をあげ、両手を合わせながら『新は何者ですか』と心の中で問いかける。きっとこの婆さんは知っていた筈だ。

「まぁ、お茶でも飲んだや」

土居が座卓の上に湯飲みを置き、勧めてくる。話を聞きたかったので、ゆっくりしてよさそうな雰囲気が作られるのはありがたい。

「女房が朝からでかけちょって、どこに何があるかわからんがよ。お茶ばあですまんね」

「いえいえそんな。お気遣いなく」

お茶は温かく、気持ちがふわっと解《ほぐ》れる。土居は痩せていて顔に皺はあるが、手足には肉の張りがあり、健康に見えた。

「朝からずっと雨でよ、天気予報で昼から晴れる言いよったけんど、まだ降りよる」

「そうですね」

「これから、どこに行くがで？」

「仕事は終わったので、帰るところなんです。あの、俺がここにいてお仕事の邪魔ではないですか？」

土居は「雨やけん、何もできん。昼寝するばあよ」とカカッと笑った。

「この前に来た時も今日のように雨だったんです。道に迷って夜にはなるわ、連れは足を怪我するわで途方に暮れていたところ、お母様に家に泊めてもらって、本当に助かりました」

土居は「詳しゅうは聞いちょらんかったけんど、そうながやね」と親指で顎を擦る。

「泊めてもらったのは、小谷西村にある大きな家だったんですが、もしかしてあちらはご実家ですか？」

違うと知っていながら聞いてみる。案の定、土居は「いいや」と首を横に振った。

「あそこは山王さんの家や。爺さんが林業をやりよったけんど、五十ばあで亡うなってよ。その後で一年もせんうちに婆さんまで亡うなって、誰もおらんなったわ。人が住まんと家は荒れるけんね。東京に出ちゅう息子がうちの婆さんを雇うて、家の手入れをさしよったがよ。爺さんと婆さんの形見の花壇や畑を荒らしとうなかったがやろうね。あそこは家も庭も広いけん、婆さんは住み込みでやりよったわ」

あの家の持ち主が「山王」だと判明する。そういえばタクシー会社に電話した時に「山王」と言っていた。思い出した。

東京にいるという息子。その男が、新とその兄の親類……もしくは父親かもしれない。

「あの家はとても立派だったので、住まないというのは勿体《もったい》ないですね。息子さん、東京ということは親御さんの後を継がなかったんでしょうか」

「今は林業や農業じゃあ食うていけんけん、しょうがないわ。息子はわしらより一回りばあ上で、賢かったけん親も大学に行かしたわね」

聞いてもないことまでよく話してくるので、もとから喋り好きなのかもしれない。

「けんど息子も死んだけん、あの立派な家も壊したわね」

背筋がゾクリとした。

「……あの、どなたが亡くなったんですか？」

「山王の息子よ。うちの婆さんが亡うなった時には葬式に来てくれちょって、長いこと世話になったいうて丁寧に挨拶してくれたがよ。それから一ヵ月もせんうちに死んだいうて聞いて、たまげたわ」

家の主は死んだ。ここまで来て、ようやく新の親類らしき人物の存在がわかったのに、それが秒で途絶えたことに愕然《がくぜん》とする。「長いこと世話になった」という言葉の裏には、二人の面倒を見てくれてありがとう、という意味も含まれていたんじゃないだろうか。そういえば……。

「あの家は、息子さんが亡くなった後に壊されたんですか？」

「そうよ」

「では、どなたか親族の方が相続して壊したんですね」

流暢《りゅうちょう》に喋っていた土居が押し黙る。これは……聞いてはいけないことだったろうか。

「泊まらせてもらった時に、古いけどとても立派な家だと思って見てたんです。あれを壊すのは勿体ないなと」

「……それが変な話でよ」

土居が声を潜《ひそ》めた。

「山王の爺さんの従姉妹《いとこ》の娘で春世《はるよ》さんいう人がおるがやけんど、あの家を誰が壊したかわからん言うがよ。息子が誰かにあげちょったらしいがやけど、その息子が亡うなって四十九日も経たんうちに家を壊すいうがは、冷たいいうか、薄情いうかね」

亡くなった息子には、父親の従姉妹の娘というはとこがいた。微《かす》かな糸が繋がっていく。

「山王の爺さんには娘もおって、べっぴんやったけんど若うして病気で亡うなってよ。息子は二回結婚したけんど、二回とも早うに嫁が亡うなって、子もおらんかった。ほんやけん息子が亡うなった時も、春世さんに連絡がきてよ。あの人は優しい人やけん、親戚やから葬式ばあは出しちゃらんといかんいうてやっちゃったわ。まあ春世さんも葬式の金をどうこう言うつもりはなかったろうけんど、金を出すばあ出しちゃったに、残っちょった家を誰かに知らんうちに壊されたいうたら、気分のええもんじゃないわね」

気の良さとしがらみが絡んだ田舎特有の人間関係が垣間見える。土居は座卓の上の煙草《たばこ》を引き寄せ、赤色のライターで火をつけた。

「息子は東京で農林水産省におったがよ。山王の爺さんがよう自慢しよった。息子は金も貯めちょったはずやけんど、全部誰かに譲っちょったらしゅうて、春世さんが弁護士に聞いても、うちが葬式を出した言うても何も教えてくれんかったがやと。親戚いうても遠いき仕方ないけんど、遺産を相続した人も、春世さんに葬式代ばあ出しちやっても、ばちはあたらんと思うわね」

山王、農林水産省……食堂、飛山……事故……記憶に引っかかっていたキーワードが集まってくる。

「もしかしてその息子さん、車の事故で亡くなられたんでしょうか」

土居が「おお」と目を見開いた。

「あんた、よう知っちゅうね」

「大きな車の事故だったので、ニュースでも取り上げられてましたよね。亡くなられた方が農水省の元官僚とあった気がしたので、もしかしたらと」

土居は「偉い人やと、死んだ時に肩書きが大きゅうでらあね」と喋りながら煙草の煙を吐き出した。

新と兄は婆さんが亡くなったあと「おじちゃん」の家に引っ越し、世話になっていた。……いや、最初のうちは、おじちゃんが毎日、大きな家に通ってきていたと新は話していた。それが途中でおじちゃんの家に引っ越したんだと。

婆さんの後に、二人の世話を託《たく》されたおじちゃん。おじちゃんにも、婆さんと同じように「給金」が支払われていたのだろう。元農水官僚が亡くなったことで、おじちやんには給金が払われなくなり、それが面倒になって殺そうとしたんだろうか？

いや、殺す理由はない。わざわざ殺さなくても、彼ら二人をどこかに放り出せばいい。おじちゃんが血縁でないなら、給金が出ないことを理由に世話を放棄しても、罪には問われないんじゃないだろうか。逆に殺してしまうと、未来永劫《えいごう》、逮捕のリスクに脅《おびや》かされることになる。

それなのになぜ新を殺そうとしたのか。考えられる理由は一つだけ。生きていられたら都合が悪いからだ。なぜ都合が悪いのか……これは新と兄が元農水官僚の息子ということが前提になるが、二人には元農水官僚が亡くなったことで、莫大な遺産が入ったのではないだろうか。

遺産目当てに「おじちゃん」は新を殺そうとしたんだろうか。新は眠らせて橋から落とすという、とても雑なやり方で殺されかけた。死体が見つかっても上等と言わんばかりだ。では兄は？　兄はどこにいる？　もしかして兄も殺されたんだろうか？　殺されたのなら、なぜ新と一緒に殺されなかったんだろう。

「呪いやろうか」

ぽつんと聞こえた。

「呪い？」

問い返すと「いやいやいや」と土居は右手を振った。

「何でもないけん」

気になるが、そこを掘り下げて聞いていいものかどうか迷う。

「そういえば小谷西村の家に泊まらせてもらった時に、お母様が話してくれました。山の上の祠が壊れてから、病気が増えたんだと……」

遠回しに話題を続ける。

「小谷西村、あそこはほんまにいかん。土地が悪い」

土居が吐き捨てる。

「そうなんですか？」

しばらく黙っていた土居が「みんな死んじゅうけん、もうええやろ」とやや目を細め、仁科を見た。

「小谷西村、あそこは山崩れで祠が壊れてから、若い人から年寄りまで病気でようけ死んだがよ」

そんで、と土居は続けた。

「病気になったり、死んだりが猟師に多てよ。小谷西村は神社で猪神《ししがみ》さまを祀っちょるに、猟師は猪をとるけん、神さまが怒りゆうがやって言われよったわ。山王の爺さんの息子がもろうた嫁も猟師の娘でよ、気立てのええ子やったけんど、嫁にいってすぐにぽっくりいった。それから十年ばあしてから、今度は死んだ嫁の妹をもろうたら、その娘も何年もせんうちに亡うなった。猟師の家は、爺さんも婆さんも六十になるかならんかのうちに病気で亡うなって、娘二人もおらんなったけん家が絶えたわ。それを覚えちょう人もおって、そういう家の娘をもろうて身内になったけん、呪いが飛んで山王の息子もあんな事故におうたがやないかって言う人もおったわ」

呪いなんてものはない。婆さんがいたあの家で、床の近くから手が出ているという人体の構造としておかしい人を見た。恐怖で泣きそうになったが、あれも新と兄の二人で客人の部屋を覗いていたとすれば、簡単に謎は解ける。ただそのからくりがわかるまでは事実を「オカルト」に置き換え、自分も怯えていた。

その土地に限って病む人が多い、それも猟師に集中しているというのも、必ずどこかに理由があるはずだ。しかしそれは自分が今、知りたい事柄ではない。

元農水官僚の息子二人の遺産を奪ったかもしれない「おじちゃん」を捜す為にも、はとこの春世という人に会ってみたい。彼女は、元農水官僚の弁護士を知っている筈なので、そこから「おじちゃん」への糸口が見つかるかもしれない。しかし「お礼」に来ているだけの自分が、春世の連絡先を教えて欲しいというのもおかしな話だ。どう切りだせばいいのか……適当な理由が見つからない。

正直に元農水官僚の息子かもしれない男がいると話すか？ いや、止めた方がいい。ここは田舎だ。話に尾ひれがつき、一気に周囲へ広まる可能性がある。そしてそれがどこにいるかわからない「おじちゃん」に伝わり、新が狙われないとも限らない。

……ガラガラと玄関の方から音がする。土居が「女房がもんてきたろうか」と座ったまま首を伸ばした。障子が開き、女性が顔を出す。仁科と目があうと「あら、こんにちは」と会釈してきた。

「知らん靴があると思うたら、お客さんがきちょったがやね」

「前にほら、忘れ物やったカメラを送ったたろ、その人よ。お礼を言うついでに婆さんに線香あげにきてくれたがよ」

「あぁ、あの記者いう人かえ」

仁科は「お邪魔しています」と頭を下げる。

「またこのへんで取材をしよったがやと」

「そうながや。そうそうあんた、西田《にしだ》のおんちゃんがトラクター見て欲しいて言いよったで。おんちゃんちのがは、うちと同じやろ」

「急ぎかえ」

「ようわからん。いっぺん電話してみぃや」

土居はよっこいしょ、と立ち上がり部屋の隅にある電話機に近付く。そろそろ帰った方がいいと思うが、はとこの春世の居場所をまだ聞けていない。一人でジリジリしていると、向かいに土居の妻が座った。細長い顔で、下がり眉《まゆ》の垂れ目《たれめ》。土居と同じ、五十代後半ぐらいだろうか。着ている黄色いTシャツは襟《えり》が白く、伸びきって緩んでいた。

「あんた、東京から来たが？」

「そうです」

「この前、しし神社が本に載ったいうて役場でも宣伝しよったわ。それからあそこに県外から来る人が増えたがやと」

「あ、そう……ですか」

「今度はどこが本に載るが？」

取材というのは嘘だし、この家が目的で来たなんて言えるわけもない。他に……何か理由は……。

「古い事件の特集で、三十年ほど前、小谷西村であった産婆さんの事件を……」

咄嗟《とっさ》に口から出た。途端、妻の顔が強張った。

「ああ……あれかえ」

どこかまずかっただろうか。もっと違った理由をつければよかったと思っていると
「あのよぅ」と土居が声をかけてきた。

「西田のおんちゃんが急いじゅうみたいやけん、ちょこっと行ってくるわ」

雰囲気的に、自分がここにいるのはもう無理だ。

「俺もおいとまします。長々とお邪魔しました」

立ち上がる。土居は「そうかえ？　もっとゆっくりしていってもろうてもかまんかったに」と言ってくれて、それは本心に聞こえた。

「帰りはどうするがで？」

妻が仁科に聞いてくる。

「バスで帰ろうかと」

「バスやったらあと二時間は来んで。駅まで車で乗せていっちゃるわ」

親切過ぎる申し出に焦《あせ》った。

「あ、いえ。タクシーを呼びます」

「タクシーもここまで来るに時間がかかるで。ちょうどスーパー行こうと思いよった

けん、ついでや」

「そうしたらええわ」と土居にも勧められる。いい……のか、と迷ったが、断れる雰囲気でもなく、実際に助かるので厚意に甘えることにした。

所々錆《さび》が浮き、ドアに凹みのある白い軽トラックの助手席に乗る。運転席の妻は慣れた様子でギアを操作した。最近あまり見ないマニュアル車。ワイパーが雨をかき分けるたびにギギッと苦しげな音をたてる。

最初のうち妻は無言だった。沈黙が息苦しく「お母様には本当にお世話になって……」と話しかけると「あの人、面倒見のええ人やったけん」とようやく会話になった。

それから再び沈黙。苦し紛《まぎ》れに「前に来た時は、小谷西村の山の中にある温泉を捜していて、道に迷ったんですよ」と、聞かれてもいないのに話した。

「コゴロシ村」

妻が前を向いたまま呟いた。

「コゴロシ村、今度はどんな記事になるが？」

声色《こわね》が固い。

「あ、いや……まだ調べている途中で……その、大変な事件だったなとしか……」

隣から、ため息が漏れた。

「……鬼の産婆や言われた妙子《たえこ》さんも、もう亡うなったに。死んだ後もまだ責められるがかね」

犯人の産婆は、妙子という名前だったらしい。何か喋るとボロが出そうで「そういうつもりでは」と言い訳する。

「あん時は、新聞やテレビが『血まみれ産婆』やら『四国の鬼婆《おにばば》』や言うて大騒ぎしたけんど、ほんまは違うがで」

妻の声が大きくなった。

「妙子さんの娘が福子《ふくこ》いうてうちと同級生で、仲好《なかよ》しやったが。けんどあの事件があってから村におれんなって、家族で大阪に越していったわ」

小谷西村とここ、不和村は近い。事件の関係者の知りあいがいても不思議ではない。

「福子が言いよった。村のひとはこすい。全部、お母ちゃんのせいにした。お母ちゃんは赤ん坊を殺したけんど、そうしてくれいうて頼まれたけんしたがやって」

「……頼まれた？」

「コゴロシ村の記事を書くがやったら、今度はほんまのことを書いてくれんろうか。

妙子さんが殺した赤ん坊は、みんな親に殺していうて頼まれたけん殺したがやって、書いてくれんろうか？」

「赤ん坊の親が……殺してくれと産婆に頼んだんですか？」

「そうよ」

妻は力強く言い切った。

「全部、子の親が言うたがよ。普通の子やなかったら、死産にしてくれいうて、妙子さんに殺さしたが。みんな知っちょったし、みんなが同じことしよったが。それやに騒ぎになったら『産婆がやった』言うて、責任を全部押しつけたがよ。妙子さんも『殺したがはほんまやけん』ゆうて、文句も言わんと牢屋《ろうや》に入ったわ」

一気にまくしたてたあと、妻ははあ～っと息をついた。

「福子、言いよったも。昔は家が貧乏やったり、具合の悪い子が産まれたら、産婆は親と相談して『死産』いうことにして殺しよったって。やけん妙子さんも、騒ぎになるまで、そうするが親と子のためと思いよったって。新聞や雑誌にあるように、おもしろもんに殺したがやない。うちのお母ちゃんは子好きの優しい人やって福子は泣きよった」

飛山の電話を思い出した。昔、コゴロシムラを取材していた記者の言葉。殺していたのは……。

「小谷西村は、ああいうこすい人らあばっかりやったき呪われて、頭が二つあったり、手えや足が多かったり足りんかったりする子がぎょうさん生まれたがよ」

話を聞いているだけで、息苦しくなってくる。妻に「今度こそほんまのこと書いて欲しいが」と念を押されて「そ……うですね」と返事をせざるをえなかった。

言いたいことを言って気が済んだのか、妻は静かになる。重苦しい空気の中、タイミングを見計らって「そういえば」と仁科は切りだした。

「前に小谷西村に来た時に泊めさせてもらった家は、取り壊されたと聞きました。立派だったのに、勿体ないですね」

「あぁ、あれもねえ」

「あの家の持ち主で農水官僚だった方のはとこで……えっと……確か名前は……」

「武田《たけだ》春世さん？」

「ああ、そうです。その武田さんて方はこの近くにお住まいなんですか？」

「うちから溜め池を挟んだ向こうの家や。春世さんはねぇ、ほんまええ人よ。優しいてね」

欲しかった「情報」を聞き出した。駅まで乗せてくれた妻は「詳しい話は、福子に聞いて。土居久美《ひさみ》の知りあいやって言うたら、もっと色々話してくれるけん」と、産婆の娘の電話番号をレシートの裏に書き、仁科に押しつけてきた。

最終の飛行機に乗り、東京に着いたのは午後八時。アパートの部屋まで帰り着く頃には、午後十時を回っていた。日帰りの四国旅は体力的に、猛烈にキツかった。

新はベッドの横に敷いた布団の上で寝ていた。けれど物音で目を醒ましたのか半身を起こし、猫のように大きな口をあけてあくびをする。

「ただいま」

鞄を床に置き、ベッドに座る。疲れはしたが、その甲斐あっていくつか情報が得られた。元農水官僚のはとこ、武田春世に連絡をとって、担当だった弁護士を教えてもらって……それからだ。コゴロシムラの件も気にかかるが、事件が発覚したのは新が生まれる前。事件と今回の新の件は直接的には関係ない。

疲れ過ぎて風呂に入るのも面倒になり、ジーンズだけ短パンに着替えてベッドで横になった。疲れが重力になって、体がずんと重たくなる。このまま眠りたい。けど歯……まだ歯を磨いてなかった。歯を……。

眠りの世界に落ちかけていた時、肩が揺さぶられた。薄目を開けると、新が右足の踵で仁科の肩を踏みつけている。足蹴《あしげ》にされたことで一瞬、苛立《いらだ》ちのようなものが込み上げたが、新は足が手のかわりなんだとすぐに思い出した。

「どうした？」

起こすという目的を果たしたので、足は離れた。新の目が、綺麗な形の目が、じっ、と仁科を見下ろしている。

「おにいちゃん、みつかった？」

「……いいや」

「どういてみつからんが？」

「十分な情報が集まってないんだ。けど君のお父さんが誰なのか、わかりそうだ」

「そんながはどうでもええ。おにいちゃんは？」

腹の底がモヤッとする。今日一日、金と時間をかけて、新のために情報収集をしてきた。それなりに成果も得たのに、当の本人から否定されるのはキツい。

「お父さんが誰なのかわかれば、今後の生活も変わってくると思うよ」

「なにいいゆうか、わからん。はよういえにかえりたい。おにいちゃんとあそびたい」

新はわがままな幼児になって、両足をドンドン踏みならす。ここは三階なので、夜に騒ぐのは近所迷惑だ。

「かえりたい、かえりたい、かえりたい！」

新の声がどんどん高く、ヒステリックになっていく。

「お願いだから、大きな声を出さないで」

こちらの訴えなど完全無視の構えだ。抱き上げると、足がつかないので踏みならすのは止まるが、余計に声が大きくなる。このまま抱いて外に出るか？　けど今日は疲れた。細身でも新は男なので重たい。今も抱き上げる腕が震えている。

新をベッドに放り投げ、驚いて黙り込んだところで自分も一緒になってベッドに入り、上からタオルケットをかぶった。叫んだり暴れたりしなくなったので、落ち着いたのかと思いきや、今度は「ううえええーん」と泣き出す。仕方がないので、きつく抱き締めてその顔を自分の胸に押しつけた。

しばらくそうしていると、ようやく泣き声が収まった。手を離しても、グスングスンと顔を押しつけてくる。

「さびしい」

ぽつんと新が呟いた。

「おにいちゃんにあいたい」

「静かにして」

これまでも「さびしい」とか「おにいちゃんにあいたい」と口にすることは何度もあったが、さっきのように駄々をこね、感情を爆発させたことはなかった。

「にしながおにいちゃんをみつけて、つれてくるやろうとおもうて、たのしみにまちよったに」

ほんやに、と続ける。

「ずっとずっとまちよったに、つれてこんかった」

「ごめん」

流れでつい謝ってしまう。

「どいたらみつかるが？　おにいちゃん、どこさがしたらえいが？　なにしたらえいが？　なにしたらえいか、じぶんじゃあわからん」

普段、仁科が仕事に行く時、新はおとなしく家にいる。寝るか、写真集を見ている。何も言わないから気にしてなかったが、ずっと寂しかったのかもしれない。

「おにいちゃん、おにいちゃん、おにいちゃあん……」

「ごめん、ごめん」

頭を撫でると、顔を胸にすり寄せてきた。頭から背中……そして肩。滑らかな感触に、ゾクリとする。

ぐずぐずと泣いていた新だが、そのうち声は小さくなり、スウスウと寝息に変わった。

あんなに疲れて眠たかったのに、新の暴発ですっかり目が醒めた。この男が頼れるのは、自分しかいない。そして世の中を知らない新は、何もわからない。だから待つしかない。わからないから期待して、そしてなぜ期待通りにいかないのかわからずに、勝手に期待した分だけ失望するのだ。

赤の他人の自分が彼を引き取って、そして何の得にもならないのに、自腹を切って兄を捜しているということがどれほどのことかもわかっていない。

新の長い髪の毛が、ベッドに広がる。女ではないが、男でもない気がする。そういう性を新には感じない。ただただ幼稚で、そして美しい。

父親がわかり、おじさんも兄も見つかった時、新はどうするのだろう。兄と共に暮らすのだろうか？　まともに教育を受けていない、そしてハンディのある二人でどうやって？

これから先、新がどうなるか、それは仁科にも予測はつかなかった。

上野《うえの》の駅近にある全国チェーンの激安居酒屋、店内は中高年の男でほぼ占領されてむさ苦しく、女性客は数えるほどしかいない。

四人がけの席に飛山と、その向かいに初対面の男が座っていた。痩せていて、山登りでよく見る、ポケットのたくさんついたベストを着ている。神経質そうな外見を、垂れ目が幾分緩和する。白髪交じりの髪で老《ふ》けて見えるが顔に皺はないので、年は飛山とおなじぐらいかもしれない。

「お前を待ってたんだよ〜」

隣に座った途端、仁科は飛山に肩を抱かれた。その口から、酒臭い息がトルネードで攻撃してくる。

「もう十時を回ってますよ。それに今日は平日で、明日も朝から仕事が……」

おいっ！　と急に飛山が怒れる上司になった。

「情報にありつけるなら、昼夜関係なくスッ飛んでいくのがブン屋ってモンだろうが！」

自分は新聞記者ではなくカメラマンだ。はた迷惑な酔っ払い上司を「まぁまぁトビちゃん」と向かいの男がなだめてくる。

「自己紹介してないよね。俺、朝霞《あさか》っていいます。君がコゴロシムラの産婆の情報くれた仁科さん?」

「あ、はい」

にしなぁ、と飛山に咳き込むほど乱暴に背中《せ》を叩かれた。

「うちのホンでやるからなぁ、コゴロシムラ!」

そう叫び、テーブルの上にふにゃふにゃと突っ伏す。経過がすっ飛ばされているので、意味がわからない。潰れた飛山を、朝霞はやれやれといった表情で見下ろしている。

「俺ね、肩書きはジャーナリストだけど、今は女房のやっている喫茶店の手伝いがメインでね」

朝霞が喋り出す。

「昔、トビちゃんと同じ新聞社にいて『コゴロシムラ』の事件を担当してたんだ。君から今井《いまい》福子の情報をもらって久々に追いかけたら、面白そうなことになっててさ。それをトビちゃんに話したら、『SCOOP』に連載枠をもらえることになったんだ」

四国で、土居の妻から押しつけられた産婆の娘だという今井福子の連絡先。新の件には関係なさそうだが、何となく放っておけず、ひとまず飛山を通じて、コゴロシムラの情報をくれた人物に伝えていた。それが朝霞だったらしい。

「当時さ、加害者の産婆、今井妙子への面会を何回も申し込んだんだよ。けどずっと断られてたんだ。そうしているうちに事件も風化して、紙面ももらえなくなって、今井妙子も獄中で亡くなった。中途半端に終わる取材は多いんだけど、ココロシムラの件は今井妙子が殺人は認めても他は一切黙秘を貫いたことで詳細がわからなくて、気になってたんだ。まさか何十年も経ってから、新情報が得られるなんて思わなかったよ。興味深い記事になりそうな予感がするんだ」

朝霞の顔は、やる気に満ちて見える。売り上げに繋がるかどうかは兎も角、「SCOOP」は新聞記者だった飛山の趣味で、社会的な記事もぽつぽつ扱っている。

それはそれでいいと思うが、平日の夜に呼び出されたのは、自分が縁でココロシムラの記事が掲載されることになったのを伝えておくためだったんだろうか。それなら電話かメール、もしくは編集部に顔を出した時の一言で事足りるかと思うが……。

「一昨日、今井福子に取材したんだ。そしたら母が残していた日記があるって言われて仰天した。一昨年《おととし》だったか、処分しようとした古い箪笥《たんす》の裏から出てきたって。母親も亡くなったし、もう警察に届けるつもりもないってことで、それを借りてきて読んだんだけど……日記というか産院での出産記録になってて、まあ……凄絶《せいぜつ》だったね」

凄絶と悲劇を語りつつ、朝霞の口元はほころんでいる。

「日記には村民の実名も書かれていた。もちろん公表できないけどね。君は小谷西村に住んでいた、先天性両上肢欠損の青年の身元を捜してるんだっけ？」

「あ、はい」

「コゴロシムラの事件とその青年は直接関係はないだろう。年齢的に、事件が発覚した後に生まれていることになるし。けれど出身が小谷西村ってところはけっこうなポイントだと思う」

朝霞はテーブルに両肘をついた。

「当時も村を取材していた時に『祠が壊れた呪いで病気が増えた』とか『猟師が猪を猟するから、猪神様の呪いだ』って流説が飛び交ってたけど、呪いの線はまぁ、ないと思ってる」

朝霞は煙草を取り出し、火をつけた。今時珍しく全席喫煙可のこの店は、入った時から煙草の煙が薄く充満していた。

「産婆の日記が全て事実だとすると、小谷西村に先天性の障害が多かったのは、それも時期的に祠が壊れた後からっていうのは本当なんだ。だから俺は他に原因があるんじゃないかと疑ってる」

「他の原因……」

「例えば岡山の人形峠《にんぎょうとうげ》、あそこはウランを産出していた。祠のある山が崩れた時に、もともと山中にあった物質がむき出しになって、土地が汚染された可能性があるんじゃないかって考えてるんだ」

目から鱗《うろこ》が落ちた。

「今度、崩れたって言われている山の周辺を、ガイガーカウンターで調べてみようと思っている」

新の体……あの形になるのに理由はあったのかもしれないが、原因が「何か」まで考えたことはなかった。そこに至る前に、まだ誰が親か、そして誰に殺されかけたのか、わかっていないからだ。他人が加わることで、まるで電車を乗り換えたように、自分が思いもしなかった方向へ話が進んでいく。

「君が世話している彼、小谷西村出身の農水官僚が親の可能性があるんだよね」

四国から帰って一週間。元農水官僚のはとこ、武田春世の住所と電話番号は調べがついた。春世に元農水官僚を担当していた弁護士を教えてもらいたいが、どう話をすればいいのかわからない。自分の息子を田舎の家に監禁して、父親の存在も知らせず、他人に世話をさせていた可能性があるとストレートに言えず、徒《いたず》らに時間が過ぎていた。それを話すと朝霞は「簡単だよ」とニコッと笑った。

「こっちも弁護士を立てていくんだ。亡くなった農水官僚の息子の代理人だってね。そしたら嫌でも対応せざるをえないよ」

確かにそれだと、人を介すのでやりやすそうだ。けれど新は「おじちゃん」に殺されかけた可能性がある。生きていると知られたら、犯人に狙われるかもしれない。そんな不安を「本人を表にださなきゃいいんだよ」と朝霞は一蹴《いっしゅう》した。

「向こうにこちらの動きを知られるリスクはあるけど、行動しないと何も変わらないよ。俺がコゴロシムラの取材をやめて、何年も事実が埋もれたままになっていたようにね。もし弁護士が必要なら、俺も何度か世話になった人がいるから、紹介しようか?」

……平日の夜に電話一本で呼び出されて正直辟易《へきえき》していたが、朝霞と話ができたことで、一人でモヤモヤ悩んでいたことに、道筋ができた気がした。

シースルーのロングワンピースの下は、黒い下着。髪をおろした巨乳のグラビアモデルがハイヒールで窓辺に立ち、こちらに振り返る。口は半開きで、表情も寝起きといった風にぼんやりしている。

綺麗ではあるが、この程度の顔のグラビアモデルは掃いて捨てるほどいる。それでも「SCOOP」が頻繁に彼女のグラビアを特集するのは、ターゲットにしている読者層に異常にウケがいいからだ。

美人でも清涼飲料水のように印象に残らないモデルが増える中、彼女はとにかく匂い立つ色気がある。それが誌面からも立ち上ってくる。「SCOOP」編集部で出した彼女の写真集は、当初の予定を遥かに超えた売り上げがあった。わかりやすい色気というのは中高年に優しいし、今の時代には貴重。彼女は今年三十歳になったが、これからは中年、熟女と肩書きを変えて活躍できそうだ。

いつも「SCOOP」が依頼している女性のポートレイトが得意なカメラマンが多忙で、仁科に仕事が回ってきた。女性のグラビア撮影は苦手だが、そんなことも言っていられない。どう魅力を引き出すか、試行錯誤しながら構図を探る。試しに窓際で三歩ほど歩いてもらうと、不意に彼女がガクリと膝から崩れ、ドタンとその場にこけた。

「だっ、大丈夫ですか！」

近くにいた女性スタッフが駆け寄る。彼女は「すっ、すみません」と慌てて立ちあがったものの「痛っ」と叫んで座り込み、足首を押さえた。「撮影、できます」と言っていたが、心配なのでひとまず十五分の休憩をとり、手当もかねて少し休んでもらうことにした。最悪このまま撮影が終わっても、これまで撮った写真でページは何とか作れるだろう。

「彼女、大丈夫かね……」

カメラの横で撮影を見学していた飛山が、心配そうに体を揺らす。飛山は彼女の大ファンなので、時間が合えば撮影を見学にやってくる。原田は「編集長、絶対に彼女を狙ってますよ」とゲスいことを言っていたが、仁科は彼女にボディビルダーの彼氏がいるのを知っている。飛山に勝ち目はない。

スタジオの隅に座っていた新が立ち上がり、そろそろと窓辺に近付く。ベッドに腰掛けたり、モデルが脱ぎ捨てていったワンピースをじっと見ている。

今日はこのあと、新と出掛ける予定がある。仕事が終わってからアパートに戻り連れて行ってもよかったが、撮影スタジオが郊外だったので行き帰りで時間を取られる。新は相変わらず人ごみは苦手だが、今回の撮影は大きなスタジオだし、静かな場所にいれば大丈夫だろうと思い連れてきた。撮影が終わるまで中庭にいればいいよと言ってあったが、いつの間にかスタジオの中に入ってきて、邪魔にならないように柱の陰でじっと座っていた。

スタッフには「知りあいが一人、見学にきている」と伝えている。新の容姿は色々な意味で気になるのか、みんなチラチラと横目に見ている。

新がベッドの上にある枕を足指で掴み、引き寄せた。それを見ていた飛山が「そういや新ちゃんのアレ、どうなったんだよ。親子鑑定するってやつ」と聞いてきた。

新と元農水官僚、山王英郎とのＤＮＡ鑑定の話は、意外なほどスムーズに進んでいた。朝霞のアドバイス通り弁護士を雇い武田春世に「山王英郎の息子の可能性がある男性がいる。山王英郎が亡くなっているのは知っているし、遺産の権利を主張するつもりはないが、親子であるかどうかだけ知りたがっているので、遺産管理を引き受けた弁護士を教えてもらいたい」と連絡を入れた。

春世は驚き「そりゃあ調べちゃらんといかん」と一ミリも疑うことなく山王英郎の弁護士を教えてくれた。東京の弁護士だったので、こちら側の弁護士とも話をした結果、親子鑑定を行うことになった。いくら弁護士を立てたとはいえ、遺産目当ての詐《さ》欺《ぎ》だと疑わないのか不思議で、朝霞の紹介してくれた弁護士が相当のやり手なのかと思ったが、理由は他にあった。

山王英郎には戸籍上、息子が一人いた。ただし生後三週間で行方不明になっている。息子候補が現れたとしても、荒唐無稽《こうとうむけい》な話というわけではなかったのだ。

親子鑑定をするには山王英郎のDNAサンプルが必要になる。しかし既に火葬されてDNAは破壊され、遺骨で鑑定は難しい。そうなると一番近い親戚は、山王英郎のはとこの春世ということになる。それほど遠くて判定ができるのかどうか、DNA鑑定の会社に問い合わせているところだ。それをかいつまんで説明すると、飛山は「一人？」と首を傾げた。

「戸籍上は一人って、新ちゃんにはお兄ちゃんがいるんだろ？　二人じゃないのか」

「出生届が出されていたのは一人だけなんです。名前の記載がなかったので、それが兄なのか新なのかはわからない。山王英郎の妻は当時住んでいた家の近くの産院にかかっていて、その個人病院は今も営業していて院長も存命だったので、これが終わったら新と一緒に話を聞きに行くつもりです」

担当の弁護士は色々とよく調べてくれて、山王英郎の妻がかかっていた病院も春世から聞き出してくれた。春世は山王英郎の妻と個人的に仲がよく、上京した際はいつも二人で会っていたらしい。その際に「産院へ家から歩いて行ける」と話したことを覚えていた。

飛山はチラリと新を見た。

「まぁ確かに新ちゃんでもその兄ちゃんでも、取り上げてたら覚えてる可能性はあるわな」

新は床に膝をつき、ベッドの上のワンピースに顔を近づけている。そうやってにおいをかぐ仕草は、犬に似ている。

「その服、好きなの？」

いつも世話になっている五十代のスタイリストが、新に声をかける。新は女性をじっと見つめたまま「すき」と固い声で答えた。

「試しに羽織《はお》ってみる？」

新が嬉しそうな顔になり「ええが？」と声を弾ませた。

「ちょっとだけね。モデルさんが戻ってくるまで。あなた似合いそうだから」

新はその場に座り込むと、着ていたTシャツを足の指で摘まみ、ずぼっと脱いだ。腕のない上半身と、平らな男の胸が露わになる。スタイリストの考えていた「羽織る」は、Tシャツの上からのつもりだったのだろうが、新はスカートも引っ張って脱いだ。……白いブリーフ一枚になる。

「はよう、きせてや」

スタイリストはドン引きしていたが、着る気満々でパンツ一枚になった男を拒否できず、ワンピースを羽織らせた。腕のない新は動くとワンピースがはだけて脱げるので、スタイリストは胸のボタンをいくつかとめた。

新はその場でぴょんぴょんと飛び跳ねた。何度もくるくると回ってみせる。

「ふふっ　ふふっ」

ワンピースがふくれて揺れる様が、楽しくて仕方なさそうだ。

「あるぷす　いちまんじゃく　こやりのう〜えで〜」

歌まで歌いはじめた。

「ら〜ららら〜ららら〜ら〜ららら〜ららら」

歌いながら、踊る。スタッフは困惑した表情で遠巻きに新を見ている。美しい顔で、髪が長く、女性のように見えるが胸はない。背は高くスタイルはいいが、腕はない。そして柔らかいワンピースの下に透けて見えるブリーフ。普通はありえないものが絡み合い、そのアンバランスさから目が離せない。

何かを考える前に、勝手に手が動いていた。踊る新の姿を、何枚もカメラにおさめる。

奇妙なステージは、新が動きを止めると同時に終わった。服を着せてくれたスタイリストに近付き「このふく、ほしい」と訴えたのだ。スタイリストは「えっ、あっ……その……」と視線をさまよわせる。

「その服は衣装だからあげられないけど、同じ物をまだショップで取り扱ってるかもしれないわ。ブランドのURLを送ってあげるから、聞いてみるといいわよ。あなたスマホは持ってる？」

新が首を左右に振る。スタイリストはチラリとこちらを見た。

「じゃあ仁科さんのスマホにアドレスを送っておくわね。……そろそろ撮影が再開するから、服を脱いでもらっていい？」

新は名残惜《なごりお》しそうだったが、スタイリストに服を脱がせてもらい、床で丸まっていたTシャツとスカートを着直した。そして「あのふく　ほしい」と仁科にすり寄ってきた。

「ほしい　ほしい」

上半身を左右に揺らし、ねだってくる。買うのは別にかまわないが、新はあの服を本当に着るのだろうか。いったいどこで？　誰に見せるために？　色々と気にはなるが、欲しいと思うものをあげたいという気持ちが勝《まさ》った。

「買えるかどうか、後で店に聞いてみるよ」

新は満面の笑みを浮かべ、ぴょんぴょんと飛び跳ねる。どうにも異様な空気の中、グラビアモデルのマネージャーが現場に戻ってきた。モデルは足の痛みが強くて立てず、座っての撮影ならできるという話だったが、写真は足りそうだし、無理をすることはないと飛山が判断し、撮影は終了した。

スタジオを出た仁科と新は、バス停へと向かった。昼間はさほど混んでいないから、人ごみが苦手な新でも乗れる。

新の腕がないことに気づき、チラチラと視線が飛んでくるが、本人は気にしていない。新は「外の人間」を意識するが、周囲から自分に向けられる視線には無頓着《むとんちゃく》。スタジオの時と同じだ。

生まれた病院がわかったので、そこの偉い人に話を聞きに行かないかと新を誘うと「それなに？」と眉間に皺を寄せた。

「ぼく、ビョーインでうまれたが？」

「そうだと思う」

「ビョーインは外の人間がいくところやろ。ぼくは神さまやけん、ビョーインじゃあうまれんで」

たかだか数週間で世間から隔離された二十数年を取り返すのは無理だ。そして新は、家と兄と婆さんしか存在しなかった世界と、今自分を取り巻く現実との格差を埋めようとしていない。

　自分を万能の「神さま」だと言う男を、説得できない。この話を突き詰めていけば神が「いる」のか「いない」のかという問題になる。神など「いない」と否定してしまうのは簡単だが、それなら世界の宗教は、人を神とした歴史はどうなるということになる。新が自分を「神」だと公言したときに、それがおかしいというのは感覚的に理解できても、その主張を完全に否定する、証明する手立てを自分はもっていないと気付かされた。

「神さまも、人間から生まれるんだ」

　これは事実。間違っていない。その後はどうあれ、自称神は人から生まれる。新はしきりに首を傾げていたが「そうなが？」とどうにも納得のゆかぬ顔で唇を尖《とが》らせた。

　途中で電車に乗り換えたが、相変わらず乗客は少ない。そこから二十分ほどで、東京の外れの町についた。ホームを出てすぐ、山が見えて驚いた。高いビルも見当たらず、空は広々としている。決して交通の便がよくなく、しかも二十年以上前となるともっと開けていなかった可能性もあるこの町に、山王英郎は住居をかまえた。田舎の風景に少しでもシンクロする場所を選んだのだろうかと、そんなことを考えてしまった。

駅前でタクシーに乗り、病院名を告げると運転手は「はいはい」と二つ返事で走り出した。五分ほどで着いたそこは、三階建ての小さな産院だった。昔からあるという話だったが、建て替えたのか白と茶のナチュラルな外壁はモダンで、新しく見える。

いきなり「院長と話がしたい」と切りだしても、追い返されそうだ。なので受付で「昔、この病院で生まれた者ですが、無事に成長し二十歳を過ぎました。今は地方にいますが、たまたまこちらにくる用事があり、院長先生にどうしてもお礼が言いたくて来ました。会うことはできないでしょうか」と人畜無害な嘘をついた。ポイントは「今は地方にいる」だ。次の約束が取りづらいと強調する。受付の女性は「ああ、はい」と怪訝《けげん》な顔をしていたが、新の腕がないことに気づくと、ハッとした表情になり「少々お待ちください」と奥の部屋に引っ込んだ。

待合室で座っていると、女性が戻ってきた。「大《だい》先生は十分ほどでこられるとのことです。こちらでお待ちいただけますか？」と個室になった六畳ほどの部屋に案内された。産院らしく、壁は薄いピンクで、テーブルは白。柔らかい雰囲気だ。

きっちり十分後に、白衣の男があらわれた。白髪に白い髭、仙人のような見た目をしている。歳は八十過ぎぐらいだろうか。

た。

「こんにちは」

穏やかな表情の仙人に挨拶され、仁科は「はじめまして」と立ち上がり、頭を下げた。

「仁科と申します。彼、新の保護者をしています」

「大院長の渋谷《しぶや》です、こんにちは」

渋谷の視線は、新の両肩に向けられている。

「新は先天性上肢欠損があります。こちらで生まれたと聞いていますが……」

仁科の問いかけに、渋谷は「ええ、ええ」とはっきり頷いた。

「段々と思い出してきました。確かに私が取り上げましたよ。産後、母体の状態が思わしくなかったので、子供と共によそへ転院になったんです。その後にうちに来ることはなかったので、気になっていたんですが……あなた、元気そうですね」

話しかけられても、新は警戒してか無愛想に「うん」と頷くだけだ。

「新には兄がいるのですが、先天性下肢欠損の彼もこちらで生まれたんでしょうか」

「そうです。しかし最初のお子は家に帰ってすぐ行方不明になったのではなかったですかな？」

渋谷は息子に病院を任せて半隠居、忙しい時だけ出ているらしかった。患者にも慕われているようで、成長した子がたまに訪ねてくれるんだと、嬉しそうに話していた。

二人がここで生まれたという証言は得た。そして行方不明で届け出が出されたのは、新の兄の方だったと確定する。仁科は、もっと何か情報が得られないか、話を振ってみた。

「新やお兄さんのような姿で生まれる子は、多いんでしょうか」

世間話のついでを装い聞いてみる。渋谷は「いいえ」と首を横に振った。

「……四肢の先天障害といっても、色々とあります。手足の指の数が多い多指症《たししょう》はたまに見ますが、腕や足の欠損は私が出産に関わった中では、ご兄弟の二人だけです。今は母親のお腹の中で障害がわかれば大抵は大きな病院を紹介します。出産後、手術が必要になった場合、うちのような小さな産院では対応できませんのでね。新さんとお兄さんは、お腹の中にいる時から四肢の状態はある程度、わかっていました。転院を勧めましたが、お母さんがご自宅から近いここがいいと希望されて、うちで出産されましたね」

母親は覚悟を決めて二人を産んだということだ。渋谷は、母親の記憶はあるが父親は「覚えていない」と話していた。

「彼の母親は、彼が幼い頃に亡くなっているんです」

新の年齢がわからないのではっきりとしたことは言えないが、春世が弁護士に話した、母親が死亡した年齢と、新の見た目からのおおよその計算で、最長でも新が十歳……早いと新を出産後すぐに母親は亡くなったことになるのではないかと推測している。

「おお、そうですか」

渋谷は目を伏せた。

「……それは気の毒に。お兄さんが出産後に行方不明になったことで、お母さんはとても心を痛めてらした。そして二人目の子供が欲しいけれど、夫が『最初の子のように生まれてきては不憫だ』と欲しがらないと言われていました。ただお母さんは旦那《だんな》さんがとても好きで、どうしても二人の子供が欲しかった。旦那さんは優しい人なので、生まれたらきっと可愛がってくれると信じて、あなたを身ごもった時もしばらく妊娠していることを隠していたそうです。うちを受診したのも六ヵ月を過ぎてからでした。検査で上肢に障害があるのはわかっていましたが、お母さんはあなたが生まれるのをとても楽しみにしていましたよ」

新は黙って話を聞いていた。婆さんが亡くなったあと、二人の存在を知る者……取り上げた渋谷医師が新と兄を保護していたのではないかと思い、ネットで拾った渋谷の写真を新に見せたが「おじちゃんの顔やない」と否定されていた。

それでも何か手がかりが欲しいと思いやってきた。渋谷は兄弟の出産に関わったものの、兄の行方不明や新の殺人未遂については、関係がなさそうだ。

山王英郎は、妻に愛されていた。妻は山王を優しいと語っていたようだが、優しい人間が自分の子供を……山の中の家に閉じ込めるだろうか。兄が行方不明というのも、山王自身が偽装した可能性がある。新に至っては、出生届すらも出されていない。

自分の子供から教育を奪い、世間を奪い、山の中の一軒家という籠《かご》の中で、ただひたすら生かしていく。衣食住に不自由はしなかったとしても、人は一人では生きていけない。他者との関わり、コミュニケーションが必要だ。

ブワックシュ……と新が派手にくしゃみをした。鼻水がたらりと垂れ下がってくる。

「ああ、これをどうぞ」

向かいの渋谷が、慣れた仕草でテーブルのティッシュを差し出してくる。仁科は三枚ほど掴み、新の鼻に押し当てた。

「かむけん、みぎのはなおさえて」

指示されても、力の加減がよくわからない。

「りょうほうおさえたら、かめんやろ」

「あぁ、ごめん」

あたふたする自分がおかしかったのか、渋谷がフッと微笑んだ。

「……あなたのお母さんは、陽気でかわいらしい方でした」

渋谷が口を開いた。

「病室でもいつも綺麗にお化粧していたのを覚えています。何でも旦那さんにはお姉さんがいて、当時すでに亡くなられていたようですが、とても美しい方だったそうで。美しい人を見て育ったから、私の旦那さんは女の人の容姿にうるさいの、と笑っていました」

新が小さな欠伸をした。……人前で表情を選ばない新だが、黙っていれば作り物めいた美しい顔をしている。新は山王英郎の家で見た古い写真の女性にそっくりだった。もしかしてあれが若くして亡くなった英郎の姉だろうか。何にせよ、新に山王家の遺伝子が強くでたのは確かだった。

帰りの電車で、トンと肩に重みを感じた。居眠りをしているのか、新が自分にもたれかかってきている。スタジオに病院と一日中連れ回して疲れているとはいえ、電車で居眠りできるぐらいだから、少しは「世間」に慣れてきたのかも知れない。

新の体温を感じながら、今日得た情報を整理する。戸籍に残っているのは兄の方で、新は出生届も出してもらえなかった。カルテは永遠に保存される訳ではない。あの医師が生きていなければ、記憶していなければ、生まれた事実さえわからなくなっていただろう。戸籍がないことで、新はどこからも認識されていない生き物、社会的に存在していなかったことになる。

全身にブワッと鳥肌が立った。なぜ新があんな風に雑に殺されようとしたのか、理由はコレなんじゃないか。新が死に、遺体が見つかったとしても、絶対に身元は判明しない。戸籍がないからだ。そして彼を知っているのは、父親と兄、婆さんと世話をしたおじちゃんだけ。父親と婆さんがいなくなれば、残るは兄とおじちゃんだけになる。それを知っていたから、犯人は手がかりを残さないために服を脱がせ、死体だけなら見つかってもかまわないと、絶対に助からない高さの橋の上から落としたんじゃないだろうか。

犯人にとってのイレギュラーは、橋が工事中だったこと、そして仁科自身の存在だ。もし自分があの雨の日、あの家に泊まらなければ、新は二人以外の誰にも存在を知られることはなかった。

アパートに帰ってからも、鬱々《うつうつ》とした気分は続いている。新は帰ってくるなり、二つ折りに畳まれた布団を敷きもせず、その上で猫みたいに丸くなって眠り始めた。自分も疲れているが、新のように動物的には眠れそうにない。パソコンを起動し、今日撮ったグラビア写真をチェックする。データの最後の方に、新の写真が数枚あった。思わずシャッターを押していたやつだ。着ているワンピースはグラビアモデルと同じなのに、全くの別物に見える。例えるなら犬と鳥ぐらいジャンルの隔たりを感じる。

ワンピース、ブリーフ、新の肉体……取り合わせは異様なのに、そこに美が見える。新は腰高で足も長い。スタイルのよさでワンピースを着こなしている。

ふと、この写真を誰かに見せてみたい衝動に駆られた。自分が美しいと感じたものを、人がどう見るのか知りたい。

しかしそれを「してはいけない」ことも頭で理解している。新を殺そうとした犯人は見つかっていない。世間にその姿が発信されることで、生きていると知られてしまう可能性がある。

ラインのメッセージが入る。原田からだ。組んで仕事をしている時は連絡を取り合うが、プライベートでメッセージがきたことは殆どない。

『何か猛烈にバズってる動画があるんですけど、これって仁科さんの同居人ですよね』

何だ？　と思い添付された動画をタップする。

「ラ〜ラララララ　ラ〜ララララララ」

ワンピースと下着姿で踊る腕のない男、新だ。

「ラ〜ララララララ〜」

画像がズームする。新の顔がはっきりとわかる。家の中で、戯《たわむ》れに歌い踊っているように見えるがこれはスタジオで、十数人のスタッフの前だ。

「ラララララ」

歌が終わると、動画は切れた。スマホを摑んで部屋の外へ出て、すぐさま原田に電話する。繋がると同時に「あの動画、どこで見つけた！」と問い詰めた。

原田は『ちょっ、ちょっと落ち着いてくださいよ〜』と声が焦っていた。

『最初は動画投稿サイトに出てたみたいです。それがコピーされてツイッターの方で回ってるんですよ。ツイッターの方は、顔が出てるのと隠されてるの、両方のバージョンがあるけど、動画投稿サイトの方はばっちりっていうか』

あの時、スタジオにいた「誰か」に違いなかった。こんなの契約違反だ。いや待て、新はグラビアモデルじゃない。ただの一般人だ。それでも肖像権か何か……。

『バズッた時に動画投稿サイトの方は消えたけど、ツイッターのやつがめっちゃ拡散してんです。何か癖になるとか言われてて』

ツイッターでは動画がリツイートを繰り返され、見知らぬアカウントが拡散していく。「#踊るアルプス」のタグで、新が溢れる。

『この人、腕ないよね』

『腕、CGで消してるんだろ？』

『CGか、本当にないのか誰か教えて』

『これって男でしょ。女装してんのキモい』

『アルプス一万尺、ホラーに聞こえる』

『この人、なにげにスタイルいいよね』

『動画、中毒性ある。めちゃリピってる』

『踊るアルプス、すんごい美形』

『顔が整いすぎて逆に恐い。整形確定』

『踊るアルプス、やばみしか感じない』

ネット上に溢れる疑問に、答えはない。コメントを追っていくと、背景の画像から撮影スタジオであること、そしてワンピースのブランドが特定された。新は「踊るアルプス」と名付けられ、正体を探られようとしている。

最悪……最悪だ。犯人にまだ生きていると知られてしまう。いやもう知られてしまったかもしれない。

自分だけじゃ、何をどう対処していいのかわからない。飛山に相談するしかない。

アパートの階段に座り込み、仁科は頭を抱えた。

4

白古神社の神主は、朝霞の手渡した地図を片手に「うーん」と首を捻った。

「裏山を上った所にあるはありますよ。崖崩れで一度壊れて、後に作り直したいうて聞いとります。私がここの神主になって二十年ほどですが、それより前の話ですね」

神主は、手首を返した。地図がヒラリと揺れる。

「前は祠にお参りする人もおったし、途中に畑がありましたが、ここ数年は行く人もおらんなって、道も藪になって通れんなっとりますね」

十月の初め、仁科は土日を利用して一泊二日で小谷西村に来ていた。一人ではなく、朝霞と飛山との三人で。もとは朝霞が祠の周囲を調査するために立てた計画で、それに仁科、飛山が便乗した。

朝霞が今井福子に「小谷西村で体に障害のある子が多く生まれたのは、祠の周囲、崖崩れをおこした山に問題があるのではないかと疑っている」と話すと、今井は自分から祠のある場所の地図を描いてくれたらしかった。

「祠の場所ですか」

タクシーに山の傍まで連れてきてもらったものの、四十前後の運転手は祠があるのは知っていたが、村の者ではないので行ったことはなく、道を知らなかった。

「上り口がわからんね。神社の近くやし、神主さんに聞いてみたらどうやろ」

そう言われ、白古神社に立ち寄ってみたのだ。そこで祠へ続く道が駄目だと宣告された。

仁科の頭には「出直し」という言葉が浮かんだが「時間もあるし、鎌《かま》とのこぎりを買ってきて、草を刈りながら上っていくか」と飛山は前向きで、変なバイタリティがあった。

「細い道が多いので、迷うてしまいますよ。案内できたらええがですけんど、私も昼から御祈禱《ごきとう》があるので……」

「いえいえそんな、ご迷惑はかけられません」

親切な神主に、朝霞が恐縮している。

「ああ、そうや」

神主がパンと膝を叩いた。

「山の左側からやったら、林道がある程度整備されておるんで山頂まで行けるかもしれません。道いうても所々崩れて車は通れんし、遠回りになるんで祠まで二時間はかかるかもしれんですが」

草を刈りながら迷子覚悟の山登りよりも、一本道で二時間の方が現実的で、神主に勧められた通り、遠回りの林道を行ってみることにした。「途中の別れ道は右の山の方に行けばいいから迷うことはないでしょう、それから国有林に隣接しているので、道を外れて林の中に入るのは控えた方がええと思います」ともアドバイスされた。

山頂は足許が悪いからと参拝者用の杖《つえ》をストックがわりに、山の天気は変わりやすいのでと雨合羽《あまがっぱ》まで貸してくれた。帰りは神社の横を通るだろうから、その時に返してくれればいいですと。

突然訪ねてきたのに、申し訳なくなるほど至れり尽くせり。飛山は「ここの神社、もういっぺん特集を組むか」と仁科に耳打ちしてきたほどだ。

「しかし、なぜまた祠に行こうと？」

神主は、仁科に杖を渡しながら聞いてくる。正直に「コゴロシムラの事件を取材しています」と答えた途端、神主の顔が曇った。

「……あの事件があってから、この村はどんどん人がおらんなったと聞いています。けんど山の祠と事件に何か関係があるがですか？」

「それはまだよくわからないです。関係あるかもしれないし、ないかもしれません」

お気をつけて、と神主は送り出してくれた。装備も万全で歩き出す。普段から運動はしていない。それでも片道二時間なら何とかなるだろうと考えていたが、甘かった。つづら折りの上り坂というのは猛烈に足にくる。林道なので舗装されておらず地面は石や木の根が盛り上がってボコボコ。何度か足をとられ、転びそうになった。木々が両脇からせり上がるように生えて視界が悪く、今自分がどこを歩いているのかもわからなくなる。これは山歩きというよりも、登山だ。

「疲れた。ちょっと休もうぜ」

歩き始めて三十分ほどで、飛山が足を止めた。仁科は木陰に入り、腰を下ろす。太《ふと》腿《もも》の疲れが激しくて、軽くマッサージしてみる。飛山は木にもたれかかりぐったりしているが、朝霞は疲れも見せず、ガイガーカウンターで周囲を計測している。「元気ですね」と声をかけると「毎朝五キロ走っているからね」と余裕だった。

小谷西村に行って、祠のある山の調査をしようと思ってるんだけど一緒にどう？と朝霞に誘われたのは最初、仁科だけだった。それが飛山の耳に入り、同行することになった。正直、飛山はいてもいなくてもいいのだが「取材費出すぞ」の一言で、三人体制のチームができた。飛山は記者時代の血が騒ぐのかコゴロシムラの特集に力を入れていて、積極的だ。「こりゃモノによっちゃ面白くなるぞ」とも言っていた。

面白そう……といえば新の件の時もそうだった。ネットで新の動画が出回った問題で、仁科は新と同じワンピースを着たグラビアモデルの写真を、誌面で使わないでおくことはできないかと飛山に相談した。同じワンピース、同じスタジオだと知られたら、問い合わせが出版社に来て、そこから新の居場所が犯人に見つかってしまう可能性があると。最終的にスタジオの写真は使うが、アップで服の詳細がわからないものを採用することになった。

「新ちゃんの動画って、そんなに人気なの？」

暢気に聞いてくる飛山に「話題になってます」と仁科はため息をついた。新の動画をアップしたのはスタジオ清掃のアルバイトに来ていた大学生。仲間内だけに公開したものが、ツイッターに転載されて、爆発的に回った。

勝手にコピーし拡散されるものはもうどうしようもないので、大学生にはスマホ内の元動画を削除させ、以後このことを口外しないよう編集長の飛山から注意してもらった。最終的に大学生はアルバイトを解雇されたらしい。危機管理の面からは当然だろう。新は一般人だが、これがアイドルやタレントだったら訴訟問題になる。

「諸々の件が片付いたらさ、うちで新ちゃんのグラビアを載せてみるか？」

「……それ、冗談ですよね？」

「話題になってんだろ？　ウケるんじゃないか？」

「あ、いや……ちょっと待ってください。おかしいでしょ」

「何が？」と飛山は本当にわかってない。

「あの姿を世間にさらせって言うんですか」

「本人がいいならいいだろ？」

「自分から、人目にさらされにいくようなものですよ」

詰め寄る仁科に、飛山は腕組みし「んーっ」と小さく唸る。

「俺はお前ほど新ちゃんと関わってる訳じゃないけど、あの子は自分の容姿、気にしてないんじゃないか」

「……えっ」

「隠しもしないし、人に見られても平気のへーだしな。っていうか男で、ヒラヒラしたスカートやワンピースを嬉しがって着てる時点で、他人の目なんざ爪《つめ》の先ほども意識してないだろ」

何も言い返せなくなる。

「けっ、けど……下手に目立ったら、何を言われるか……」

「どうしてお前がビビってんだよ。誰に何を言われようと、要は本人がどう思うかだろ。新ちゃん、綺麗じゃないか。あの体型も、最初はおおって思ったけど見慣れてきたしな。何よりスタイルがよくて美人だ。男なのに男味が薄いっていうか……かといって女でもないんだよな。新しい生物、第三の人類って感じがするわ」

　何を言っているかわかりません……と正直に伝えると、飛山は苦笑いしていた。

「まぁ、ほとぼりがさめたら本人に話してみてくれよ。モデル代は奮発するからさ」

　気にしていない。確かに新は、体のことを気にしていない。自分は神さまだと言う男だ。今の自分の姿が、新の中では完璧なんだろう。

　木陰でぐびぐびとペットボトルのお茶を飲んでいた飛山が「足使っての取材は、やっぱり若い時じゃないと駄目だね。オッサンは辛いわ」と早くも音をあげる。

「昔はバリバリだったのにねえ。トビちゃんもおとなしくなったもんだ」

　周囲を歩き回っていた朝霞が戻ってくる。同い年ということだが、基礎体力が天と地ほど違う。

「俺はねえ、C型でもう燃え尽きたの」

　何のことだろうと思っていたら朝霞が「トビちゃん、血液製剤が原因のC型肝炎の取材をやってたんだよ」と教えてくれた。昔、頻繁に報道されていたので言葉は記憶にはあるが、内容についてはそれほど詳しくない。

「薬害ってのはそれを証明するまでと、裁判から賠償にたどり着くまでに時間かかるからねえ」

朝霞がしみじみと呟く。飛山が昔、製薬会社と政府の癒着を追っていたというのは、C型肝炎が絡んでのものだったのかもしれなかった。

そろそろ行くかい、と朝霞に促されて再び歩きだす。暑い時期は過ぎているが、それでも汗が噴き出す。ペットボトルの水が足りなくなり、仁科は途中で沢の水を汲《く》んだ。

飛山がどうしても遅れがちになり、姿が見えなくなると仁科と朝霞は途中で立ち止まって追いつくのを待った。

「新くんのことなんだけど、住み込みで世話をしてたお婆さんって、土居由信って人の母親なんだよね」

その待ち時間の間に、朝霞に聞かれた。

「そうです」

「今井福子が話してたんだけどさ、そのお婆さん、今井妙子がやっていた産院で、出産の手伝いをしてたらしいんだよ」

驚いて、握っていた杖を落とした。慌てて拾い上げる。

「看護師の資格はなかったから、あくまで手伝いだったそうだけどね。コゴロシムラの事件が明るみに出た時、そのお婆さんも事件に関わってたんじゃないかって疑われたらしい。最終的に今井妙子が全ての罪を認めたわけだけど、小さい村だからさ、色々言われたそうだ。そのお婆さん、山奥にある他人の家を住み込みで管理してたっていうのは、新くんたちを世話すると同時に、人目を避けて働けるってメリットがあったからかもしれないね」

新とコゴロシムラが、そこで繋がってくるとは思わなかった。あの婆さんは無愛想だったが、確かに面倒見はよかった。怪我をした原田にも、薬をつけてくれた。

「婆さん、産婆の子殺しを知ってたんでしょうか」

「わからないけど……手は下してなくても、やっているのは知ってたんじゃないかと俺は思うよ」

産婆が子供を殺すのを婆さんが知っていたとしたら、産婆には殺されていたであろう子供を、自分が世話をし育てるという状況を、どう思っていたんだろう。……婆さんはもう死んだ。その心情を知る機会はない。

ようやく飛山が追いついてきて「お前ら、早すぎんだよ」と自らの体力のなさを省みず、文句を言ってきた。

頻繁に休憩をいれたせいなのか、二時間の予定が三時間かかり、午後二時過ぎに山頂らしき場所に到着した。朽ちかけた木製の棒に「標高五四三メートル」と書かれてあったので、間違いない。……が、肝心の祠が見当たらない。三人で周囲を探し回り、藪の中に石造りの簡素な祠を見つけた。

飛山は「何か気持ち悪いな」と祠の半径二メートル以内に近付かない。朝霞はガイガーカウンターを片手に「おかしいなあ」としきりに首を傾げている。

「どうしました？」

朝霞の手のひらに載っている小さな装置をのぞき込むが……仁科には単位も数値の読み方もわからない。

「普通なんだよ」

眉間に皺を寄せ、朝霞は厳しい顔をしている。

「この周辺で、反応はない」

少し離れた場所で座り込んでいた飛山が「もっと下ったとこを調べてみろよ」と汗を拭った。

「崖崩れで地中の『何か』が出てきてたとしても、下に流れていってんだろ」

朝霞は「まぁ、そうだな」と腰に手をあてた。

「道中も異常はなかったんだよな。もっと近くでないと駄目なのかな。崖崩れって、どっちの方向に流れていったんだろう」

「そりゃ上から下だろ」

小馬鹿にした飛山の声に、朝霞の顔が強張る。三人しかいないのに、二人が険悪になったら下山がキツい。仁科は草むらを少し下って、下から祠を見上げた。そうしてみると、祠の正面から下は、左右に比べて凹みが深い。そして凹みは、自分たちが上ってきた方角のちょうど反対側だ。

祠の近くに戻り、周囲を歩く。左端までゆくと、遥か下に茶色い屋根が見えた。けっこう大きい建物だ。あんな場所に民家があるんだろうかと考えているうちに、気づいた。あれは白古神社だ。裏山から続く道を通ることができたら、ものすごく近かったのかもしれない。

山登りで疲れたし、飛山は体力がない。神社が目視できるなら、獣道を帰っても迷わないんじゃないだろうか。祠の裏側から五メートルほど下に、土が盛り上がった道の痕跡らしきものを発見した。人が一人通れるぐらいの幅で、そこだけ草丈が低く土が覗いている。試しに歩いてみると、ぐるりと回って祠の正面、神社側に出てきた。そこからつづら折りになった道が見える。

きっとこれが裏山の道だ。この程度だったら、十分に歩いて降りられるし、崖崩れをしたと思われる場所も通りそうだ。

山頂に戻り、帰りは裏山ルートの道を通ってはどうかと提案する。朝霞は「そっちだったら反応あるかな」と乗り気で、飛山も「一秒でも早く帰れるなら、獣道でもいいわ」と異論はなかった。

裏山ルートであろう道は、来た林道よりも狭くわかりづらいが、山頂から少し下ると、誰かが手入れをしているのか、道の雑草が刈り取られている気配があった。

「こっちの道、十分通れるじゃないか。行きもこっちから来ればよかったな。断然早そうだし」

飛山が背後でブツブツと文句を垂れ流す。

「畑があったって話だから、誰か整備したのかもしれないですね」

「あの神主、人は通ってないって言ってたぞ」

行きの林道が辛かったのか、飛山の声は恨みがましい。

「だいたい……うわっ」

振り返ると、飛山が斜めの体勢で「足が滑ったわ」と苦笑いした。登りよりも下りは楽だが、膝にくる。後ろの飛山が転げ落ちてきて人を巻き添えにするんじゃないかとひやひやする。

急な下りから、平らになった場所に出てきた。すると先頭を歩いていた朝霞が不意に立ち止まった。

「どうしたんですか？」

「あそこ、あれ何だろな？」

道から外れた草むら、木々の間に光るものがある。何かはわからない。朝霞は腰丈ほどある草をガサガサとかき分け中に入っていく。

「あの、そっちに入っても大丈夫なんですか？」

一人で行かせるのが心配で、仁科も後に続く。飛山は「おい、お前ら。俺を置いていくなよ！」とついてくる。草むらを三十メートルほどゆくと、パッと視界が開けた。

そこにあったのは横に細長い、六畳ほどの広さの池。水の流れはなく、水面は緑色で底は見えない。

「ここ、何ですかね」

仁科の呟きに「水も濁《にご》ってて、湧き水って感じじゃないね。山から流れてきた水が窪地《くぼち》に溜まったってところか。もしかしたら人工的な溜め池かもしれないな」と朝霞が答える。

「水が溜まる場所ってことは、他のものも色々と溜まっていると思うんだけど、反応ないなあ」

山へ登るまで、そして下りに入ってからも、朝霞のガイガーカウンターはおとなしい。飛山が「はああっ」と大きなため息をついた。

「登りの時から思ってたんだけどさ、お前のウラン説ってのはハズレじゃねぇのか？」

「……何？」

疑惑への容赦ない一突きに『その口、ストップしてくれ』と仁科は内心願った。

振り返った朝霞の顔に表情はない。

「そもそもさぁ、ウランってのは日本中探し回って掘りまくって、何とかなりそうだったのが人形峠とか数ヵ所だったわけだろ。崖崩れぐらいで、村民に影響でるほどワッと出てくるわけないんだよ。お前はさぁ、ウランの結論ありきでくるから自分の間違いを認められないんじゃないか。もっと視野をひろげろよ」

「結論ありきって言ってもな、実際に異常がおこってるんだ。何か原因があるに決まってるだろ」

「地域特有の病気かもしれんだろ。そっち方面は調べたのかよ」

「はあっ？　風土病で四肢障害なんて聞いたこともない。新しい学説か？」

二人がとうとう口喧嘩《くちげんか》をはじめた。

「あの、少し落ち着いて……」

仁科は仲裁に入ろうとしたが「お前は黙ってろ！」と飛山にはじかれた。いい年をしたオッサン二人が、縄張りを争う雄猫のようにぎゃあぎゃあ怒鳴り合う。もう勘弁してほしい。仁科は池の奥にある木立へ入り、争いから距離をとった。

声は遠くなったが、問題は解決していない。これからの下山、帰りの行程……宿や飛行機のことを考えると、ずんと気持ちが沈む。いくら安いとはいえ、民宿を予約するんじゃなかった。同じ部屋で雑魚寝《ざこね》なので、この調子で争われるかと思うと、今から胃がキリキリしてくる。

ガサガサガサッと頭上で音がする。木々の間を黒い塊が通り抜けていくのが見えた。

「ひいっ」

驚いてしゃがみ込む。雑木の枝が、余韻で揺れる。今のは何だ？　猿か？　そういえば前に来た時、獣がよく出ると神主が話をしていた。猿程度なら兎も角、猪や熊に出てこられたら怖い。熊……四国に熊はいるんだろうか？

喧嘩している二人のことは憂鬱だが、熊よりはマシだ。言い争いを傍観しても、死にはしない。二人を促して下山しようと立ち上がり、歩き出したところで足首を摑まれる感触があった。えっ、と思った時には、前向きにドッと倒れ込んでいた。振り返るが、そこには誰もいない。

ケケケケッと不気味な鳥の鳴き声が周囲から響く。呪いの話を思い出し、信じてもいないのに背筋が冷たくなる。しかしよくよく見れば、自分は地面から浮き上がった木の根に躓《つまず》いただけだった。

「……何だ、ビビらせるなよ」

根を蹴ったつもりが、的が外れて隣の石に踵があたる。カンッと軽い音に違和感を覚えて、もう一度蹴る。やっぱり同じ音。これは石じゃない。金属だ。

杖の先で、金属らしきものの周囲にある土を削る。木の根に邪魔されて鬱陶しいが、ある程度掘り出したところで確信した。これは金属の容器だ。しかも予想外に大きい。露出した部分は軽く湾曲《わんきょく》している。この形だとドラム缶の類いかもしれない。こんな場所にどうやってドラム缶を埋めた？　車が通れない道なのに、背負ってきたんだろうか。

……いや、違う。これは上から落ちてきたんじゃないだろうか。それが崖崩れで埋もれてしまったと考えるのが妥当《だとう》だ。これ一つだけか？　他には？

そういう目で周囲を見渡してみると、あった。すぐ右手に、斜めに生えた木がある。その根元は、何かの上にせり上がるようにして生えていた。石かと思っていたが、よくよく見ればそれも金属っぽい。おそらくドラム缶だ。

仁科は喧嘩をしている二人のもとにもどった。とっくみあいになっているのではないかと不安だったが、二人は三メートルほどの距離を空けて「ピンクポンチのルネちゃんは、ぜったい俺の方に気があった！」「いや、俺だ。お前はただの金づるだ」と顎が外れそうになるほどくだらないやり取りをしていた。

「あの……向こうにドラム缶があったんです」

「それが何だよ！」

飛山が威嚇《いかく》するマントヒヒのように歯を見せる。

「この土地が誰の物かわからないですけど、こんな場所に変ですよね」

秒で理性を取り戻した朝霞が「どこ」と反応する。

「こっちです」

仁科の後に朝霞が、少し距離をおいて飛山がついてくる。朝霞は木の根に絡まったそれを見て「確かにドラム缶だ」と呟いた。ガイガーカウンターをドラム缶の周囲に持っていくも、反応はない。後からやってきた飛山は「こりゃなんだ？」と首を傾げた。

「どうしてこんなトコにドラム缶があるんだよ」

「不法投棄だろ」と朝霞が素っ気なく結論づける。

「アンコールワットで、木の根に覆われた遺跡がありますよね。それを思い出しました」

「あんなロマンティックなもんじゃねぇだろ。これはゴミだよゴミ」

仁科を一刀両断にして、飛山はドラム缶を覆った木に近付いた。

「今下ってる道は車が通れねぇから、俺らが上ってきた林道のどっかから落としたってことだよな」

朝霞は「何とまあ」と肩をすくめる。

「国有林の整備のために林道があるんだと思うし、定期的にメンテナンスはしてる筈なんだよね。そこから不法投棄とは、林道の管理がずさんとはいえ、なかなか大胆だな」

ドラム缶の上にそびえる木は、直径が三十センチはありそうだ。茶色い幹をポンポンと叩いていた飛山が、不意に「おい」と朝霞に振り返った。

「この木、でかくないか？」

「まぁ、でかいはでかいな」

「このドラム缶、いつ捨てられたんだよ。上の木がこんだけでかくなるってことは、五年十年の話じゃないぞ」

「四、五十年前の産廃ってこと？　ドラム缶だけならまだしも、中に何か入ってたなら恐いなぁ」

朝霞が苦笑いする。飛山は右手で口元を覆い、何か考え込んでいる。そして背後の池に視線をやった。

「……朝霞よ、コゴロシムラの事件ってさ、最初の子殺しはいつから始まったんだ？」

「一九七五年だね」

「ってことは、その頃からではじめたってことか。もしかしてこのドラム缶……枯《か》れ葉剤《はざい》じゃないか」

枯れ葉剤の話は聞いたことがある。一九五〇年代から七〇年代にかけて、ベトナムの南北を分断した、アメリカとソビエトの代理戦争。南ベトナムを支援したアメリカは、ベトナムのジャングルに枯れ葉剤を撒いて木々を枯らし、戦闘員が隠れられないよう丸裸にした。その後、枯れ葉剤の影響により、ベトナムで身体障害を持って生まれる子供が激増した。

歴史としては知っているが、古すぎてピンとこない。仁科にとっては一九八八年、子供の頃に終結したイランイラク戦争の方がより強く記憶に残っている。

「枯れ葉剤は知ってますが、あれはベトナムの話ですよね？」

仁科の問いかけに、二人は返事をしない。

「思い出した。ベトナムの枯れ葉剤の原料って確か九州で作ってたんだよな」

朝霞が呟く。

「そう……なんですか？」

「政府は隠してたけどな。国会でも散々追及されてたわ」

飛山が吐き捨てる。

「その、枯れ葉剤の原料を日本で作ってたのはわかりましたけど、どうしてそれがここにあるってわかるんですか？」

それはね、と朝霞がドラム缶に足を置いた。

「ベトナム戦争が終わって、大量の在庫ができたんだよ。それを日本中の山に埋めたらしいってのは、俺も聞いたことがあるんだ」

「……捨てたんだよ、国有林にな」

　飛山が肩をすくめる。

「……捨てた？」

「犬猫がクソするみてぇに、山に穴掘って埋めたんだよ。ドラム缶に詰めて国有林に埋めてあったやつが、崖崩れで散乱してこのへん一帯汚染した……って考えたら、まあ納得だな。万事解決」

　朝霞がドラム缶をガンと蹴った。

「けどさ、あれって漏れ出しが問題になって、掘り起こして管理してるとこもあっただろ。ここはそうじゃなかったってことか」

　そういえば、死んだ婆さんが話していた。祠が壊れて、数日で大杉が枯れたと。あれは……呪いなんかじゃなくて、漏れ出した薬剤の影響だった……のか。

「祠のあった山が崩れたから、病気が出ても『呪い』って話で片付けられたのかもしれません」

　仁科の出した結論に、飛山は「最悪だな」と肩を竦めた。

「早死にしても『呪い』、障害がある子ができても『呪い』で、そこで親と産婆がその子供を殺してたっていうトリプルパンチで表面化しなかったってことかよ。もっと表沙汰《おもてざた》になってりゃ、原因は何だって方向に話がいってたんだろうけどな」

それからドラム缶を一つ、掘り起こしてみることにした。しかし道具はなく……借り物の杖を使うのは躊躇われ、その辺に落ちていた木ぎれで土を削ったので、猛烈に効率が悪かった。

三十分もしないうちに、山の登りでもばて気味だった飛山が、木ぎれを放り出して座り込んだ。しばらく休憩を入れることにして、木陰に移動する。飛山は両足を投げ出して座り、こぼれた日差しに時折、鈍く光る池をじっと見ていた。「山王英郎」とボソリと呟く。

「新ちゃんの父親って山王英郎なんだろ。あいつが国有林への廃棄に関わってるんじゃないか」

「父親の可能性は高いですけど、まだＤＮＡ鑑定ができていないので確定ではないですね」

仁科が牽制しても、飛山は「いや、絶対にそうだ」と決めつける。

「俺は農水官僚だった頃の山王を知っているが、鼻持ちならない奴だったよ。自分の上司がやらかした交通事故、あれを別人に身代わりさせて、俺が追及しようとしたら、上から圧力かけてきて人を新聞社から追い出しやがった」

「あぁ、そんなこともあったね。懐かしいな」

朝霞が額の汗を拭いながら相槌をうつ。

「枯れ葉剤の材料を作ってたのは製薬会社、一企業ですよね。なぜそれに国が関わってくるんですか？」

飛山は仁科を指さし「お前、甘ちゃんだなぁ」と舌打ちした。

「そんなん天下りのために決まってんだろ。製薬会社が処理に困った在庫を、その製薬会社に天下りする条件で官僚が引き受けて、国有林に埋めたんだよ。山王は自分の田舎の山に、毒を埋めたんだ。そしたら想定外か案の定か、崖崩れで山が汚染された。村の人間が早死にするのも、障害がある子が生まれるのも、何が影響してたのか奴はわかってたんじゃないか」

薬の影響は山王自身の子供にも及んだ。そして世間体のために、息子二人を人目に触れぬよう田舎の家に閉じ込めたのだ。

「けど……」

朝霞が話に入ってくる。

「埋め立てに山王が絡んでたとしても、就職してからはずっと東京でしょ。二人の子供に強く影響するほど、彼自身が汚染される状況ってのはなかったんじゃないかと思うんだけどね」

土居由信の話が、仁科の脳裏を過ぎった。

「あ、奥さん。山王の奥さんが村の出身です。地元の猟師の娘さんだったと聞きました」

朝霞が「そういえば」とポンと手を叩く。

「猟師の家が『早死に』や『死産』になることが多かったって、今井福子が話してたな。それって何が関係してるんだろ。やっぱり食べ物……猟師だと肉かな」

飛山が「座っても腰痛ぇ」とノロノロと体を起こした。

「あそこの池、アレは間違いなく汚染で確定だろうな。その水を動物が飲んで汚染、その汚染された動物を人が食ってってパターンかね」

じゃあさ、と朝霞が身を乗り出す。

「山全体が汚染されたとして、雨が降ったらもろもろ下流に流されるだろ。畑と田んぼも危ないよね。野菜や米はどんな感じだったんだろう」

飛山は「知るかよ」と足許の土をガッと蹴った。

「カネミと水俣《みなまた》、沖縄の枯れ葉剤と一通りは知ってるが、俺はそんなに深くは掘り下げてねぇからな。枯れ葉剤は……確か西《にし》さんが詳しかったよな。けどあの人、もう死んだんだよなぁ。一昨年だっけ」

朝霞が「三年前だね」と訂正し、両手で顎を覆う。

「枯れ葉剤はウランなんかと違って、半減期というか劣化速度は速い筈なんだよ。種類と量、保管状況にもよると思うけど……」

飛山が動き始めたので、休憩は終了。ドラム缶を半分ほど掘り返したところで、側面に穴が空いていることがわかった。朝霞は底の部分に溜まっている土をすくい取り、ペットボトルにつめた。知りあいの知りあいのツテで調べてもらえると思う、と話していた。それから枯れ葉剤の原料の成分が出てきたら……原因と結果が明らかになる。

そろそろ下山かと仁科がデイパックを背負いかけたところで、朝霞が「あのさ」と声をかけてきた。

「空のペットボトル、持ってない？」

「ありますよ。中味は入ってますけど」

上っている途中で飲みきったが、沢の水を汲んでいた。

「申し訳ないけど、それをもらえないかな。池の水も汲んでいきたくてさ」

「いいですよ」

仁科がデイパックの口を開けたところで「俺のをやるわ」と飛山が朝霞にペットボトルを投げつけた。それは朝霞の頭にコンとあたり、大きく跳ねてボチャリと池に落ちた。朝霞の顔が能面のように無表情になる。

「悪い、悪い。疲れてて手元、狂ったわ」

後ろ頭をかき、言い訳している。……わざとではなさそうだ。

「お前のはお茶だったろ。余計な成分が混じりそうだからいらん」

「せっかく人が親切にさぁ……」

「アレ、拾って帰れよ。山にゴミを捨てるな」

冷えきった朝霞の言葉に、飛山は「へいへい」と池に近付く。仁科はペットボトルの中味を捨て、朝霞に手渡した。その時、岸辺にいた飛山の背中がぐらりとゆれた。

「うおっ」

短い叫び声と共に、ボチャリと落ちた。一度、その姿は完全に水面下に消える。急いで駈け寄った。その間に、飛山が水面から顔を出す。手をのばせば岸に届きそうなのに、バタバタと両手を動かしもがくだけで、あがってこようとしない。

「大丈夫ですか？」

「……何か足に絡まってる。上がれねぇ」

手を差し出したが、遠くて摑めない。朝霞が杖をもってくるとそれは何とか届いた。杖を握った飛山を引き上げようとするが、猛烈に重たい。全く引き寄せられない。朝霞も一緒になって引っ張るも、ビクともしない。それでも引き寄せるしか手立てはなく、十分ほど格闘しているうちに、ようやく飛山の体が動いた。

そのままずるずると岸の上まで引っ張る。上半身が上がったところで、朝霞と共に両腕を持って引き上げた。

ずぶ濡れになった飛山の両足には、グシャグシャになったロープのようなものが絡まっていた。

「ふわー死ぬかと思ったわ」

息をついた飛山は、仰向けになってロープを足から解いた。そして「何かお宝が出て来たりしてな」とニヤつきながら、自分の足に絡まっていたロープを勢いよく引き上げた。

絡まったロープの間に、白いものが見える。ボール？　いや、違う。あれは……仁科は息をのんだ。飛山も黙り込む。

サッカーボールより少し小さい円形、二つの丸い空洞。それは間違いなく人の頭の骨だった。

仁科のスマホは方向により電波が拾えたり拾えなかったりだが、朝霞の携帯はサクッと繋がったので、警察に通報してもらった。ロープに絡まったままの頭蓋骨と肋骨らしきものは、岸辺にそのまま放置してある。

昔は土葬だったので、墓が崖崩れで壊れて流れ、それが池の底に沈んだという可能性もあるんじゃないかという仁科の指摘は「こんなロープでガチガチに巻かれてそんなわけないだろ。石と一緒に括られて、池に沈められたんだよ」と飛山に否定された。朝霞も「やり方がどことなくヤクザっぽいよね」と苦笑いする。

たまたま落ちた池で、骨と一緒に引き上げられる。この異様極まりない状況でも飛山は生き生きしていて、仁科に池の周囲や骨の写真を撮るように指示し「これは特ダネになるかもしれないぞ」と嬉しそうだったが、そのうち「体がヒリヒリしてきた」と言い出した。「我慢できん」と濡れた上着やズボンを脱いだ飛山の全身は真っ赤になっている。

「トビちゃん、ヤバいよ。それって池の水のせいじゃないか。あそこに薬品が溶けていても不思議じゃないし、早く洗い流したほうがいい」

朝霞の顔がこれまでになく慌てている。結果、飛山は朝霞の付き添いで先に下山してもらい、仁科一人が残って警察の到着を待つことになった。飛山が途中で具合が悪くなったらと思うと一人では下山させられず、何か対応するにも朝霞の方が経験豊富だろうと思いお願いした。

一人きりだと、骨と、誰かに殺された可能性のある人間の骨とこんな寂しい場所にいるのが心細くなってきた。いや、まだ土葬の骨が、偶然池の中に放置されたロープに絡まった可能性もないわけではない。

警察はあとどれぐらいでここに来るだろう。電話をしたのは一時間ほど前だが、田舎の警察はこういう事件に関わることは少ない筈なので、対応は遅いかも知れない。

陽は西に傾きはじめ、どんどん辺りは薄暗くなっていく。

不意の着信音に心臓が飛び出るかと思うほど驚いた。朝霞からだ。

『仁科くん、警察きた？』

「いや、まだです。飛山さん、大丈夫そうですか？」

『実はさ、山を下っている途中で家があったんだよ』

「家？」

『水道借りようかと声をかけたんだけど、誰もいなくてね。沢の水を引いてるのか、外にある水道の水が出るから、ちょっと拝借してトビちゃんは水かぶってる。ヒリヒリするのはだいぶマシになってきてる気がするって。落ち着いたらちゃんと山を降りようと思うんだけど……仁科くん、この近くに知りあいっている？』

「いいえ。あ、隣村で聞き込みはしましたけど……」

それがさ、と朝霞が前置きした。

『この家、庭でたき火をした跡があったんだよ。田舎だなって思って見てたら、焼け残りのノートに子供みたいな字で「にしなはるき」ってひらがなで書いてあるのを見つけてさ』

全身がゾオッと総毛立った。

「おっ、俺は知らないですよ」

『これって偶然なのかな？』

「とにかく、俺は知らな……」

記憶がフラッシュバックする。ひらがな。ひらがな。名刺の「またきてね」。婆さんより若い「おじちゃん」。森の中の一軒家。

『仁科くん？』

「……すみません。後からかけ直します」

電話を切り、あの骨に近付いた。ロープに絡まったそれは、人の形をしていない。

それでも小さな頭蓋骨と、肋骨はわかる。足の骨はない。飛山は「骨、小さいな。子供かもしれんぞ」とぽろっとこぼしていた。

遠くで、ホロホロホロホロと鳥の鳴き声が響く。

ガサガサと草をかき分ける音がした。やっと警察がきた。振り返ったそこに現れたのは紺色のジャージ姿の男……白古神社の神主だった。

「あっ、あれ？」

神主は立ち止まり、キョロキョロと何度も左右を見渡している。

「あなたは、あの……さっき家のほうにいたんじゃないですか？」

仁科はごくりと唾を飲み込んだ。

「俺はずっとここにいました」

「あれ？　確かにあの家にいたと……」

ブツブツと呟いている。

「神主さんはどうしてここに？」

「あ、いえ……何か人の骨が見つかって、殺人事件やないかと通報があったと警察に聞きまして。この山の上は、昔墓山やったので、その骨やないやろうかと話はしたんですがね」

おかしい。なぜ警察より、神主が先に現場に来ているのだろう。

「そうですか。警察の人は？」

「あぁ、林道からあがっていったんじゃないですかね。道をきかれて、向こうからしかいけんと教えたので。後で気になって、試しに裏から来てみたらけっこう通れて、私のほうが早かったですね。で、骨はどこに……」

警察にも、自分たちと同じ遠回りを指示したんだろう。そうして自分が先にここにきた理由は……。

神主の着ている紺色で肩にグレーのラインが入ったジャージの上着は、裾の近くにハイブランドのロゴマークが入っている。

「山王真」

神主が、勢いよく振り返り、仁科を見た。

「山王英郎さんの長男、山王真さんを知ってますか？」

「あ、あんた……」

ガサガサと大勢の足音、話し声が近付いてくる。やっと警察が来た。それは神主のおわりのはじまり……だった。

朝霞の妻が経営する喫茶店は、新御徒町《しんおかちまち》の駅からほど近い商店街の中にあった。両親から譲り受けたそうで、店内の椅子やテーブルは開店当時のまま、昭和レトロな雰囲気だ。

「山王英郎の遺産、四億だってさ。けど手元に入ってきた時点で、東誠一《あずませいいち》は骨董品《こっとうひん》の購入やらギャンブルで借金だらけ。半分以上を返済に回したみたいだね。東、実家は広島らしいよ」

古びたモケットのソファに腰掛けた朝霞は、淡々と語った。

「昔のツテで、捜査状況をわりと詳細に教えてもらえるんだけど、金は人を狂わせるってつくづく思うね。……子供二人の世話をしていた土居の婆さんが亡くなったあと、山王英郎は次の世話人に長年寄付をしていた白古神社の神主、東誠一を選んで、世話賃として月に五十万支払う約束をしたらしい。土居の婆さんが急逝《きゆうせい》したし、山王は万が一何かあったらと考えたのか、自分が亡くなったら、二人の子供を死ぬまで面倒を見るという条件で、東に全財産の管理を任せることにした。その直後にあの交通事故だ。山王は亡くなり、全財産は神社への寄付という形で東の手に渡った。子供二人は東よりも若いから、どうしても途中で世話人の交代が必要になる。その選定も東は任されたらしいんだけど、先にお金が全部入ってきたものだから、兄弟二人の世話するのが面倒になったってことみたいだね」

　朝霞は自ら淹《い》れた珈琲を一口含み、目を細めた。

「東は山王英郎から聞いて、兄の真には戸籍があること、弟の新にはないことを知っていた。二人を広島にいた時の悪い友達から仕入れた眠剤で眠らせたあと、真は遺体が見つからないよう重しをつけて池に沈め、弟の新は身元が割れる心配がないから、確実に死ねる高さの橋から落とした。殺したいけど、首を絞めたり刺したりっていう感触の残る殺し方は嫌で、悪い友達に色々アドバイスをもらったみたいだね」

　神主、東誠一の身勝手過ぎる理屈に辟易する。どういう方法にしろ、二人を手にかけたという事実は変わらない。

「今は知恵がついて自分に不利なことは言わなくなったけど、逮捕された当初は、本人もパニックになってたのか聞かれてもないのにベラベラ喋ってたってさ。ＳＮＳはやってなかったから、新くんが生きてたことには気付かなくて、死体があがらないのは海まで流れたからだと思ってたらしいよ」

朝霞はチラリと上目使《うわめづか》いに仁科を見た。

「で、新くんのほうはどうなの？」

「ようやく落ち着いてきました」

神主、東は最初は任意で署に同行を求められ、その後、取り調べで本人が殺害を認めたため署内で逮捕された。仁科、朝霞、飛山の三人も警察署で事情を聞かれた。特に仁科は翌朝まで署から出ることができなかった。

東京に戻り、東の写真を新に見せると「おじちゃんや」と嬉しそうな顔をした。

「おにいちゃん、おじちゃんといっしょにおったろ」

はち切れんばかりの笑顔でそう聞かれた。胸が苦しくなったが、どんなに言葉を弄っても、伝える事実は一つだけだ。

「真さんは亡くなっていたよ」

新は口も半開きで、ぽかんとした顔をしている。

「おにいちゃん、しんだが？」

「そう」

新の視線が、落ち着きなくゆらゆらと辺りを彷徨う。

「どういてしんだが？」

「おじちゃんに、殺されたんだ」

「どういておじちゃんが、おにいちゃんをころすが？」

「君のお父さんの遺産が入ったから……わかりづらいかな、お金が欲しかったからだよ」

「おかね……」

新が立ったまま、苛立ったように何度も足踏みした。

「おかねらぁ、なんにつかうが？」

「それは生活に……」

言いかけてやめた。東は生活に困窮していたわけではない。……欲深かっただけだ。

「お金をたくさん欲しい人がいるんだ。新の着ている服も、俺がお金を出して買った。欲しいものを手にいれるには、お金が必要なんだよ」

新は「わからん」と口にした。

「わからん、わからん、なにをいいゆうか、わからん。外の人間のかんがえゆうことは、わからん！　どういておにいちゃん、しんだが？　どういてころされたが？」

目を大きく見開き、仁科に詰め寄る。答えられずにいると「わるさしたが？」とぽつりと呟いた。

「おにいちゃん、なんかわるさしたが？　ばあちゃん、ねずみをようけころした。こめをくう、たんすをかじる、わるさするゆうて、ぎょうさんころした。おにいちゃんも、わるさしたが？」

「真さんは、何も悪いことはしてない。何も悪くない」

「じゃあどういてしんだが！　どういてころすが！　しんだらうごかんし、くさるし、もうあそべんやんか！」

大声で叫び、自分で自分の叫び声にあてられたように、卒倒した。すぐに意識は戻ったが、無言のまま布団の中に潜り込んだ。それから三日、新は排泄以外で布団の中から出てこなかった。

池から引き上げられた遺体は、骨などの身体的特徴から、生後数週間で行方不明になっていた山王真だと判明。その山王真と新のＤＮＡ鑑定をおこない、兄弟だと確定した。

戸籍のなかった新は、山王という名字ができた。朝霞の持ち帰ったドラム缶の中味からは、枯れ葉剤の成分が検出された。その事実を受けて、朝霞は県に申し入れをしたが、反応は鈍かったと苦笑いしていた。四十年近く前の話である上に、小谷西村には注意喚起を促すべき村民は一人も残っていないという皮肉な有様だった。

コゴロシムラからはじまった全ての糸がほどけ、事件は終わり、そして新の人生は、ここから新しくスタートすることになった。

とはいえ新の置かれている状況は特殊だった。上肢の先天障害があり、義務教育も受けていない。かろうじて読み書きはできるが、新曰く「外の人間」の常識を知らない。本人は何でもできると思っているが、実際にやれることには限界がある。就労が困難なのは容易に想像がつく。人間関係を構築するのも難しい。当然、新を受け入れられない人も出てくるだろう。

仁科は漠然と、このまま新と共に暮らしていく未来を想像していた。数ヵ月の共同生活で生活リズムもできた。食費と、たまに雑誌で見た服を欲しがるぐらいで、大して金もかからない。

一生自分が面倒を見ると覚悟をしているわけではないが、この世界に身を置くことで、新は否が応でも世の中に順応していくだろう。そこから先は、新が選択していくことだ。

「新が、おじちゃんに会いたがってるんです」

朝霞は「大丈夫なの？」と声を潜めた。

「お兄さんが亡くなったショックで倒れたんだよね。新くんが何を知りたいのかわからないけれど、あの男と会ったところで何も得るものはないんじゃないかな」

　それは、仁科も本人に話した。

「本人がどうしても話をしたいと言い張るんです。何の話をするかということよりも、そうすることでけじめをつけたいのかもしれません」

　別れ際、朝霞は「今、コゴロシムラの記事をまとめてる。来月から連載がはじまるんだ」と話していた。

☆

　目があいた時から、ふわふわと楽しい感じがした。一番好きな、黒くて布が薄い、回ったら裾がしゃらしゃら擦れるワンピースを着た。

　赤くて踵の高い靴をはく。歩くと音がするから楽しい。コンコン、楽しいから、踵をたくさん鳴らしながら歩く。

　天気がいいのに、空の青色は色が薄い。大嫌いな電車に乗って、おでかけ。吐きそうになるから、蜂みたいにうごめく外の人間は見ない。大きな建物にくる前、にしなは「悪いことをすると、閉じ込められる場所がある」と教えてくれた。

「じゃあねずみもおるが？」

にしなは「人間だけだよ」と変な顔で笑っていた。にしなが「てつづき」をしている間、黒くて細長いイスに座る。前を通りかかった、紺色の服を着た人間と目が合ったので「ぼくのことみゆうが？」と聞いたら、フイっと顔を横に向けてスタスタと、速足で逃げていった。

いくつか戸を通り抜けて、部屋に入る。四角くて六畳ぐらい。真ん中に腰丈の仕切りがあって、その上はガラスだ。

「これ、なんなが？」

ガラスに近づき、触ってみる。冷たくない。

「むこうがみえるようになっちょるがやね」

「悪いことをした人と話をする時に、その人が暴れたり、逃げたりしないようにしてるんだよ」

「けんどガラスはわれるで」

「それは割れないガラスなんだ」

頭をゴンとぶつけてみたが、割れない。本当だ。にしなが慌てて近付いてきて「そういうことをしちゃだめだ」と怒られた。

ガラスの向こうのドアがあいた。背中を丸めて入ってくる人間。おじちゃんだ。

「おじちゃあん」

顔をあげたおじちゃんが、すぐに下を向く。ガラスに顔をくっつけて、もう一回
「おじちゃあん」と呼んだ。

「どういておにいちゃん、ころしたがぁ」

おじちゃんの肩がピクピクと動く。久しぶりに見るおじちゃんの顔は、花が枯れた
ようにシュッとしぼんでいる。

「どういておにいちゃん、ころしたがぁ」

おじちゃんは、ご飯の時しか家にこなかったし、ばあちゃんみたいに話はしてくれ
なかったけれど、聞いたら何でも教えてくれた。

「にしながね、おかねがほしかったけんおにいちゃんをころしたいいよったで。おじ
ちゃん、おかねがほしいけんおにいちゃんをころしたがぁ」

「……そ……れは、申し訳なかったと……」

おじちゃんの背中が丸まり、もっともっと小さくなる。

「あのよ、ぼくとおにいちゃんは神さまながよ」

ようやくおじちゃんが顔を上げた。

「外の人間とはちがうが。とくべつなが。やき、しんでもいきかえるがやないろうかとおもうがよ。ほんやきおじちゃん、おにいちゃんをいきかえらしてみてくれん」

おじちゃんは「すみません」と首を横に振る。

「おじちゃん、おにいちゃんゆう神さまをころしたがで。ころしたがやったら、いきかえらすこともできるとおもうがよ」

頭の中で、お兄ちゃんが生き返る。背中にお兄ちゃんを背負って、庭を走る。風がびゅうびゅうと顔を過ぎて、お兄ちゃんは「ひゃはは、ひゃはは」と大声で笑う。

「俺ら、風やで。新、もっと走れや」

おもしろくておもしろくて、倒れるまで走った。息がゼエゼエして、喉が渇いても、笑いが腹の中でぼんぼん跳ねて、ずっと笑っていた。

「おにいちゃん、はよういきかえらして」

おじちゃんは、ビー玉みたいな目でじっとこっちを見ている。

「無知いうんは恐ろしいな。本気で言いよる」

恐ろしい、とおじちゃんは何かを怖がっている。

「わしがこうなったがは、あんたら兄弟のせいや」

自分とお兄ちゃんは、おじちゃんに何もしてない。悪口を言うたり、叩いたりもしてない。

「止《や》めてください！」

にしなが大声を出したら、おじちゃんは口を閉じた。

「新、もう帰ろう」

「どういて」

「おじちゃんに、自分が言いたいことは伝えただろう。それでもう十分じゃないか」

にしなの声が固い。言うことを聞いたほうがいいような気がして「うん」と頷いた。にしなの手が、背中に添えられるのがわかった。

「おじちゃん、ぼくまちよるき。なんぼでもまちよるきね」

最後に念をおしたが、おじちゃんは返事をしてくれなかった。


線路は見えないのに「道の駅」とでっかい板がついた家、その中にあるみんながご飯を食べている広い部屋にいたら、外の人間が近付いてきた。ばあちゃんと同じぐらいの年に見える。ばあちゃんと違うのは、太って顔と体に肉がもっとついていること。

「あんたが、英郎さんの息子かえ」

声が甲高くて、耳が少しキンとする。こんにちは、と初めて会う人間への挨拶をしようと思っているのに、なかなか口から出てこない。その前に、甲高い声がしゃべる。

「うちは武田春世いいます。あんたのおじいちゃんの従姉妹の娘やけん、遠い親戚やね。いやぁあんた、女の子みたいに髪が長いねえ。ほんまに女の子やないが？　お父ちゃんやお母ちゃんよりも、伯母さんの静恵さんの方にそっくりやんか。生き写しや。山王の血が強《つよ》う出たねえ」

ニコニコとしゃべっていた春世の顔がくしゃりとゆがんで皺だらけになって、目からぼろぼろと涙が出て来た。

「どういてなくが？」

「あんたのお母ちゃんのことを思うたら、涙がでてくらあね」

春世は隣に座ってきた。そうして花柄のワンピースを、上から下までじいっと見てくる。

「あんた、わざとそういう服を着せられちょるがかね」

首を傾げる。にしながが慌てて「新さん本人が、女性用の服が好きなんです。強制はしていません」と話した。

「まぁ、ええわ。今はテレビでも、そういう人がようけ出よらあね」

春世は背中に触れてきた。上から下へ撫でたあと、ぎゅうっと抱き締められる。お兄ちゃんは背負っても固かった。春世は重い布団みたいだ。

「なにしゆうが？」

「あんたのお母ちゃんが生きちょったら、あんたのこと抱っこしちゃりたかったやろうなあて思うけん」

春世のブラウスの、ふわふわしたピンクが顔にあたる。ばあちゃんが使ってた防虫剤とおんなじ臭いがする。

「あんたのお母ちゃんは、ほんまにあんたが生まれてくるがを楽しみにしちょったけんね。手ぇがないみたいゆうがは知っちょったけんど、うちは小谷西村の人間やき仕方ないて言いよったわ」

手や足がないのは、神さまだから。神さまはえらい。おるだけでえらい。それなのに仕方がない、とあきらめたように言われるのがどうしてかわからない。

「あんたのお母ちゃんは、ほんまにお父ちゃんのことが好きでね。お姉ちゃんの旦那さんやった時から、好きやったがよ。お姉ちゃんが悪うなった時も、お父ちゃんはほんま優しゅうて、あんな旦那さんがほしいてずっと言いよったわ。ほんやき、お父ちゃんのお嫁さんになれた時は喜んでね。絶対にお父ちゃんとの子がほしいて私も相談されたわ。生きちょったらあんたのことを大事に大事にしたと思うがよ」

春世が髪を撫でてきた。

「こんな立派に大《おお》きゅうなれるに、どういて英郎さんはあんたを隠して育てたがやろうね」

自分とお兄ちゃんがいたあの家は、楽しかった。お兄ちゃんとケンカもしたけど、日の高い間はいろんなことをして遊んだ。いっぱい笑った。あんなに楽しかったのに、自分がいたあの家が、まるで悪いようにしゃべられると胸がモヤモヤする。

「ぼくはおかあちゃんもおとうちゃんもおらんで。神さまやき」

「あんた、かわっちょる子やね」

春世は笑いながら、ポンと頭を叩いてきた。

「自分が神さまやて思うがは勝手やけんど、あんたにはお母ちゃんもお父ちゃんもちゃんとおったがやけんね」

そうや、と春世は鞄を膝の上に載せた。

「あんた、お父ちゃんとお母ちゃんの若い頃の写真、見たことないがやないが？　結婚式の写真、見るかえ」

春世は袋に入った写真を出した。にしなも机の向かいから身を乗り出してくる。そこには、人間が二十人ほど写っていた。真ん中に自分に顔の似た男が写っている。その横に座る丸顔の女を「これがあんたのお母ちゃん」と春世は指さした。

その女の顔は、お兄ちゃんの顔。すました顔で座っている。

「このしゃしん、ほしい」

春世はくれようとしたが、にしなは「スマホで撮れるよ」と人間がいっぱい集まった写真を撮ってくれた。

「白古神社の神主さんも、ええ人や思いよったに、人は見かけによらんもんやね。前に高い車を買うたらしいいう話は聞いたことがあったけんど。英郎さんの遺産も、空《から》になるばあ使い込まれちょったがやろ。あんたこれからどういて食べていくがで？」

春世は顔を近づけ聞いてくる。にしなとべんごしも、こだまみたいに何回もイサンイサンイサンと繰り返していた。

「ばあちゃんとすみよったいえに、かえりたい」

「山王の本宅かえ。あそこは壊されたで」

にしなが「夜間中学」とか「大検」とか話し始めて、春世は「まあ、本人のやりたいようにやったらええと思うけんど」と息をついた。

「あんたの親戚は、もううちだけや。うちは農家で、大して稼ぎもないけんど、米と野菜ばあはあるけん、食べるに困ったらうちに来たらええわ」

春世は、何度も何度も頭を撫でてはにこにこしていた。東京に帰る間も、ずっと春世の手の感じが残っていた。

アパートに帰ってからは、にしなが紙にしてくれた写真をずっと眺《なが》めた。目を閉じて開いても、いつでもそこにはお兄ちゃんと自分がいた。

「新」

寝そべって写真を見ていたら、にしなが近づいてきた。

「真面目な話をしたいと思う」

ちゃんと聞かないといけない時の声だったから、起きて座った。

「新はまだ若いし、これから生きていく上で知識というか、教育が必要になる。だから通信でも夜間でも中学、高校に行くのがいいと俺は思っているけど、それは新自身が決めることだ。もし田舎で生活したいなら、それでもいい。どちらの道に進むにしろ、できる限りの手助けはするよ」

「いえにかえりたい」

にしなが、くっと口を引き結んだ。

「まえみたいに、いちにちじゅう、あそびたい。けんどおにいちゃんがおらんけん、たいくつや。にしなもいっしょにいえにかえらん？」

変な顔でにしなは笑った。

「俺は写真が仕事だから、田舎じゃ稼げない。生活していけないよ」

じりじりとにしなに近付いた。ぴったりとくっつくと温かい。そういう季節になってきた。

「ここにおりとうないけんど、いえにかえっても、にしながおらんがはいややなあ」

見上げると、にしなは首が真っ赤になっていた。

「くびがあかいで。どいたが？　ねつでもあるがかえ？」

にしなの目の玉が、ウロウロする。

「……ちょっと」

にしなは立ちあがって部屋を出ていく。まだ話をしていたのに、気が変わったんだろうか。ちゃんとした話がなくなったからごろりと床に転がった。「若い」「これから」「生活」……いっぱい言われるけれど、前と同じにできたらそれでいい。ああ、でも服と靴はほしい。さらさら、キラキラして、ふわふわゆれる服で、コンコンと音を出して歩きたい。

目を閉じたら、家が戻ってくる。ふわふわの服で、靴をコンコンさせながら、庭で踊る。縁側には、お兄ちゃんとにしなとばあちゃんがいる。お兄ちゃんが背負えと言うので、背負って踊る。お兄ちゃんは、羽みたいに軽い。

「新、おまえの服、蝶みたいにヒラヒラしよるなあ」

お兄ちゃんの言うことは全部わかる。目を開ける。お兄ちゃんは死んだ。おじちゃんが生き返らせてくれなかったら、どうしよう。悲しくなって涙が出たが、悲しいのはフッと途切れた。そしてにしながおらんのも寂しいなあと思った。

☆

5

東が逮捕された翌々月発売の「SCOOP」から「四十年目のコゴロシムラ」というタイトルで朝霞の連載がはじまった。

その少し前、仁科は朝霞と共にもう一度、元神主、東誠一に面会した。朝霞の取材に便乗した形だが、個人的に気になり、どうしても聞いておきたいことがあった。

朝霞は今回の殺人事件よりも、過去にあったコゴロシムラにまつわる人の噂を中心に話を聞いていた。自分の犯した殺人に関わることでないためか、朝霞の問いかけにリラックスして答える東はどこにでもいる田舎の初老男で、殺人事件の加害者の気配はなかった。

朝霞の質問が一区切りついたところで、仁科は切りだした。

「あなたは二人の息子を託されるほど、山王英郎と親しかったんですよね」

「ええ、まあそうですね……」

結果的に殺そうと企てるが、事実はそうだ。

「なぜ山王英郎は、自分の息子を隔離して育てることにしたのか、理由を知っていますか？」

新に残る唯一の親族、武田春世の話が、仁科の胸に引っかかっていた。山王英郎は二人の妻を心から愛している、情に厚い人物に感じた。春世の話を聞かなければ、飛山が語る「上司の不正を隠蔽し、事実を暴こうとした記者を圧力で潰した」手段を選ばないお役所体質の官僚と分類できたが……よくわからなくなった。仕事の顔と家庭の顔が違うというのは往々にあるとしてもだ。

「理由ははっきりと聞いていませんが、自分の子を見たくない言うてましたね」

東がサラリと口にした言葉に、仁科はずんと腹の底が重たくなった。

「自分の子が、世間から好奇の目で見られて、苦労するのを見たくない。それなら、世間など何も教えんで、何も知らんで、二人だけで一生遊んで過ごしたらええ言うてね。まぁ山王さんは、子があういう姿で生まれたがは、自分のせいやてわかってましたからね」

東がチラリと仁科を見た。

「あんたがたは、コゴロシ村の原因になった子の障害は、埋めた薬のせいやって知ってますよね。山王さんも、悪い物やと知っとって、地元の山に薬を埋めた。上の人から命令されて、断れんかったそうです。それでも長いこと埋めてたら、そのうち無害なモンになるやろうて考えてたらしいですが、運の悪いことに埋めたとこが崖崩れをおこして薬が流れた。上の人に話したら、村の人が騒いでなかったら、放っておけて言われたと。そうこうしてるうちに、村の人が変な病気にかかるようになって、身体のおかしい子ができだした。神社にも『病気がようなりますように』『健康な子が生まれますように』いう御祈禱がようきよったと先代が言いよりました。人が病気になって、子が死んで、人が出ていって、人が減って、誰もおらんなって悪いモンもないないで終いにできると山王さんは考えよったんでしょうね」

東はくくっと笑った。

「それやのに、自分の子があれでしたからね。山が崩れたのはもう何十年も前で、奥さんは普通の身体や。それやのにどうして自分の子があんなことになったか、山王さんは調べたらしいです。そうしたら埋めちょった悪いモンは、脂肪にぎょうさん溜まるてわかったそうですわ。あの辺の山は猪が多て、猪は脂が多い。猪を捕まえて食べる猟師にいちばん悪いモンが溜まった。山王の奥さんは普通に生まれたけんど、悪いモンが溜まった母親の乳を吸うて、悪いモンが溜まった猪を食うて、体ん中にぎょうさん悪いモンを溜めこんで、ああいう子を産んだわけですわ」

東は目を細めた。

「村の人は、病気もおかしい子が生まれるがも、呪いや呪いや言いよったけど、呪いやないですから。全部、人がやったこと。私は病気やら障害やら、何か他に原因があるんやないかと疑うてた人も、中にはおったんやないかと思います。今はどうか知りませんが、当時は障害いうたら、ベトナムの枯れ葉剤が有名でしたからね。でも声を上げる人はおらんかった。まぁ、そうやとしても、どうしてええかわからん、どうしようもないと諦めとったのかもしれません。何かようわからんまま、おかしい子をないないしよったがでしょうね。まぁ、呪いや言うてるほうが、わかりよかったかもしれません。けんど山王さんの子がああなったがは、因果応報《いんがおうほう》いうか、あればっかりは呪いやったがやないかと思いますわ」

人の不幸を、楽しそうに笑って語る。東の本音に、人間性が滲み出る。呪いを否定し、そして肯定する。けれど金に目がくらみ、理不尽な理由で人を手にかけ、判決を待ってアクリル板の向こうにいる本人こそが、最大の呪いをかけられているように見えた。

面会からの帰り、朝霞は「前の取材の時、東は新くんが生きててよかったたって話してたんだよ」とぽつりと漏らした。

「ああ、この男にも良心があるんだなって思ったら、二人殺すよりも一人の方が、罪が軽くなるからってね。まぁ、元からそういうメンタルの人間なんだよ」

　東に何かを期待していたわけではない。そして山王英郎は、人を見る目がなかったというだけのことだ。

　朝霞の「四十年目のコゴロシムラ」連載開始の号で、飛山は新のグラビアを掲載したいと言い始めた。新は「きれいなふくがきれるがやったらええよ」という反応だったが、仁科は躊躇った。その姿を自分の判断で世界へ発信していいのかと、迷いに迷った。飛山に「モデル料、奮発するぞ」と言われ、それを聞いていた新が「そのおかねでふくこうて」と駄々をこね、最終的に撮影することになった。そのかわり後ろ姿か横顔だけと仁科は注文をつけた。飛山はグラビアが得意なフォトグラファーに頼む予定にしていたが、それは自分に撮らせてほしいとお願いした。

　上半身裸、横顔の新の写真が掲載された「ＳＣＯＯＰ」が発売された途端、動画で注目されていた人物ではないかとネットで騒ぎになった。雑誌の売り上げも好調で飛山の目論見《もくろみ》通り、朝霞の「コゴロシムラ」の記事も注目された。

　そんな中、飛山から「おい、なんか新ちゃんに本格的にモデルはどうかって問い合わせがきてるぞ」と言われた。

　それはアメリカの服飾ブランドからのメールで、ショーのランウェイに一度や二度という話ではなく、新を専属モデルとして三年契約で迎えたいと書かれてあった。業務内容から考えて、日本にいてできる雰囲気ではなさそうだ。

仁科は服飾ブランドに詳しくないので知らなかったが、轟は娘が好きなブランドだと話していた。参考までにそのブランドのニューヨークコレクションを見てみると、ゴム素材を多用した個性的で奇抜なデザインが多かった。ファッションショーは実用的ではない服も多いが、そこは仁科の理解の範疇《はんちゅう》を超えていた。

「新ちゃんにモデルっていいんじゃないか。スタイルもいいし、服が大好きだろ」

飛山は乗り気だが、仁科は戸惑いを隠せなかった。

「条件はいいですけど、これって特異な体型のモデルを使うっていう話題作りにされるんじゃないでしょうか」

「それだけで新ちゃんにオファーしたとしたら、かなりリスキーじゃないか。妙ちきりんな服の多いとこだし、デザイナーが変わりもんで、単に新ちゃんを気に入っただけかもしんないし、一度、話だけでも聞いてみちゃどうだ?」

飛山の話にも一理あると思い、ひとまずブランドの広報と話をしてみることにした。最初だし、保護者という立場で自分一人で行くつもりだったが、相手方に「新さんにも同席していただけたら」とお願いされ、仕方なく連れて行った。

待ち合わせに指定されたのは、新宿にあるブランドの東京支店のビル。新はスパッツの上に、買ったばかりのワンピースを重ね着している。本で見て「これがきたい」とねだってきた。新の趣味ははっきりしていて、しっとりとした落ち感があり裾がヒラヒラと揺れる服、もしくは柔らかい触感のふわふわした服が好きだ。

ビルに入り、受付で名前を告げてロビーで待っていると、カーキ色のスカートの女性がまっすぐに近付いてきた。

「仁科さんと山王新さんですね、はじめまして。桶川《おけかわ》です」

年は三十前後、化粧は濃いが綺麗な女性だ。新は人見知りの猫みたいにおどおどしながら「こんにちは」と挨拶する。

「新さん、素敵なお洋服ですね。写真ではよくわからなかったけれど、私が想像していたよりも背が高くて驚きました」

服を誉められて嬉しかったのか新は「ありがとう」とニッと笑った。桶川は「こちらへどうぞ」と先に立って案内してくれる。連れて行かれたのは十七階。廊下はガラス張りで、床は空のような水色。まるで空中に浮いている気分になる。通された部屋は十二畳ほどで、中央に置かれたソファは、バレーボール程の白い球体をいくつもあわせた不思議な形をしていた。

「これ、くものかたちをしちょる。おもしろい」

新ははしゃいでいたが、仁科はどうにも座りが悪くて何度も腰を浮かせた。五分ほど待っていると、桶川が戻ってきた。その背後から、小柄な外国人女性が入ってくる。歳は三十代後半、金髪のショートカットで、赤い眼鏡《めがね》に青い瞳、黒いワンピースを着ていた。

「Hellow」

こちらにそう挨拶した金髪の女性は、新を見るなりその青い瞳を大きく見開き
「You are beautiful」と両手を大きく広げた。


ブランドとの専属契約に新は「ええよ」と即決だったが、仁科は保護者としての立場から「もう一度、ゆっくり考えさせて欲しい」と保留にした。

新は乗り気で、アパートに帰ってきてからずっと、桶川からもらったコレクションのパンフレットを見ている。

「君が納得するなら、モデルという仕事もいいと思う。ただこの話を受けるとしたら、多分アメリカに移住しないといけない」

「どっかいかんといかんが？」

国内の移動ではないのだ。仁科はタブレットに世界地図を出して、日本とアメリカの位置を指した。

「世界には二百近い国があって、その国ごとに言葉が違う。アメリカは英語で、日本語はまず通じない。今日もデザイナー、服を作っている人の言葉を、俺が日本語にして伝えただろう」

「あおぞらみたいなめえで、へんなことばをしゃべりゆうなあておもいよった」

英語どころか、新は日本語も理解できない言葉が多い。

「お金の単位も違う。日本は円だけど、米国はドルだ」

「ふうん」

何が困ることなのか、それすらもわかっていない顔に見える。仁科は新に財布を持たせていない。これまで一人で外にでかけたことはないからだ。そのうち慣れさせようと思っていたが、まだ実行していなかった。

「ぼくあめりかいけんが？　きれいなふく、いっぱいきたい」

「戸籍もできたし、パスポートさえ作れば、行くことはできる」

アメリカ人デザイナーのケイティは、動画で見た新の姿が衝撃的で、それと同時にインスピレーションを受けたと熱っぽく語っていた。今後、宇宙をテーマにした三部作のコレクションを展開する予定で、新にはそのコレクションのアイコンになってもらいたいと希望している。

専属契約として向こうが掲示してきた金額は、野球選手の契約金かと思うほど高額だった。金があれば、ニューヨークで家を借りることもできるが、誰かの助けがなければ、新はホットドッグの一つも買うことはできない。例えば、新の境遇に理解があり、生活に不自由な部分を助け、英語が話せる人間を雇えば、不可能ではないが……。

新を取り巻く状況がめまぐるしく変化する。本来なら受け継ぐ筈だった父親の遺産は他人に奪われ、もどってくるかと思えば使い尽くされていて、今後の人生の為に学校の学びを考えていたら、華やかな世界から膨大な金と共に誘いがきた。金と生活という面では、モデルの仕事を引き受けるのが最良だろう。しかしこの男は、あまりにも世界のことを知らなすぎる。このままだと、無知故に騙《だま》される可能性もあるんじゃないだろうか。

「にしなは、いやながが？」

切り込んでくる、無視していた感情に背中が震えた。

「ぼくがあめりかにいくが、いやながやろ」

「そうじゃなくて、君が生活できるかどうか……」

自分を見る新の目は曇りがなく、全てを見透かしているようで恐くなってくる。

「にしなもいっしょにあめりかにきてや。あめりかでかめらのしごと、したらええやん」

新は両足で開いていたパンフレットを閉じて、膝立ちのままじりじりと仁科に近付いてきた。反射的に後ずさる。すると気づいた新が突進してきて、その身体を受けとめる形で仁科は後ろ向きに引っ繰り返った。

カメラバッグの角に頭をぶつけ「痛っ」と声をあげる。すると新はケタケタと喉を震わせて笑った。

「にしな、おもしろいなぁ」

ケタケタと笑いの余韻が、胸に響く。

「にしな、ぼくのことすきやろ」

至近距離にある、美しすぎる顔。ゴクリと唾を飲み込む。

「すきになってもしかたないわね。ぼく、神さまやし、きれいやけんね」

新の顔は途方もない自信に満ちあふれている。

「ぼくもにしな、すきで。けんどさいしょは、きもちわるかった」

新の口が、ゆらゆらと動く。

「外の人間は、きもちわるい。ようようみなれてきたけんど、やっぱりきもちわるい。てとあしがそろうて、みんなおんなじかたちできもちわるい。なんでやろうっておもうけんど、まぁ、そうできちゅうもんはしかたないわね」

強烈なまでの自己肯定感。そして「外の人間」への偏見。両腕がなく、何も知らない山王新という生き物の形がようやく見えてきた。

もしかして、これなんだろうか。これが父親だった山王英郎の望みだったんだろうか。誰とも比較されることなく、何も知ることなく育った人間の、独特の美意識。そこには、自分自身への否定はない。あの家の中で、新を否定する材料は存在しなかった。彼の中で、自分は「完璧な存在」だった。

新の中で育った美意識は、今さら誰に何を言われようと揺らがない。逆を言えば、新は「外の人間」の感覚を真に理解することはできないかもしれない。

「にしなには、なれてきたけん」

新が体を傾け、首筋に鼻先を押しつけてくる。長く黒い髪の毛が、顔にかかる。

……ケイティの前で、新は服を脱いだ。裸の上半身を見たいと言われて、躊躇いなく脱いだ。それを見て、ケイティは「Perfect」と手を叩いた。

ケイティは自分の感性の中で、新の体に美を見いだした。そして自分も、この姿に強烈に惹《ひ》かれる。しかし異なるものに惹かれるのは、新にはじまったことではない。自分の心の奥底にあるもの、それに理由はあるんだろうか。突き詰めていくのは恐い。

両手が震える。震えながら……丸い肩に触れた。新の背中がモゾリと動く。

「いっしょにあめりかいこうや。そんでおにいちゃんのかわりに、にしながいっぱいあそんでやぁ」


（完）

解説

山本文子（ライター）

『ココロシムラ』は、二〇一八年に講談社の小説誌「小説現代」八月号に掲載された読切に、大幅な書き下ろしを加えて翌年刊行された。本書はそれを文庫化したものである。

山深い神社をライターと共に取材で訪れたカメラマンの仁科《にしな》は、取材終わりに温泉宿を目指す途中で道に迷い、降りしきる雨のなか怪我を負ったライターとやっとの思いで古い民家に辿《たど》り着く。そこで仁科が体験する恐怖の一夜を描いたこの短編は、雨の描写も相俟《あいま》って、どこか湿り気を帯びた怖気を感じさせる怪談のようだった。

「小説現代」に「ココロシムラ」が掲載された当時、一般文芸誌の目次に〝木原音《このはらなり》瀬《せ》〟という名前を見かけるのはさほどめずらしいことではなくなっていたが、BL界でのデビュー以来、勝手に見守ってきた一読者としては、その状況に感慨深いものがあったのも事実だ。

木原音瀬は、一九九五年にビブロス（現リブレ）のBL小説誌「小説b-Boy」

九月号に「水のナイフ」が投稿優秀作として掲載されたのち、同年同誌十二月号に掲載された「眠る兎《うさぎ》」でデビューする。このデビュー作はそのまま初書籍の表題作とはならず、作者初の書籍は、「水のナイフ」の関連作を表題とした『セカンド・セレナーデ』（ビーボーイノベルズ）だった。そののち、「眠る兎」は二〇〇二年に表題作として同じくビーボーイノベルズから刊行されるが、どちらものちに新装版が刊行されている（『セカンド・セレナーデ』は二〇〇五年にビーボーイノベルズから、『眠る兎』は二〇〇九年に幻冬舎ルチル文庫から）。

作者がデビューした一九九〇年代半ばから二〇〇〇年代にかけてBLの市場は拡大の一途を辿っており、作品を送り出す出版社も受け取る読者も追い風のようなものを存分に感じていた時代だったように思う。その風に逆らうことなく、作者はコンスタントに作品を発表していくが、登場人物たちがどんなに苦境に陥《おちい》っても幸せな結末が用意され、やわらかな空気を残す作品がBL界にどんどんあふれていくなかで、投稿作のタイトルさながら読む者の心を切り裂くような痛々しささえ感じさせ、独特の読後感を残す木原作品は、瞬《また》く間に熱狂的な読者を生み出していった。

作家というのは皆それぞれ個性を持っているものではあるが、その人にしか書けないと思うものをオリジナリティと言うのなら、木原音瀬はオリジナリティの塊《かたまり》のようなＢＬ小説を書く作家だったのだ。

その特異さは順風満帆には進まない登場人物たちの関係であったり、予定調和に落ち着かない展開などにも見られたが、個人的には、登場人物それぞれから抗《あらが》えない性《さが》のようなものが感じられ、読み進めれば読み進めるほど〝幸せの予感〟を安易に得られないところにこそ木原作品を読み続ける引力があった。

今でこそ多彩な作風のものが増えてはいるが、市場が大きくなる一方だった頃のＢＬは、他に比べてハッピーエンドの前提が浸透しているジャンルだった。どれだけいがみ合っている者同士でも、メインカップルとなるキャラクターであれば必ず結ばれたし、心に抱えた傷は癒える方向へ進み、孤独な者は己を理解してくれる存在を得る。ＢＬ作品を多く読めば読むほど染みついたそのお約束には、登場人物たちの苦しみや悲しみ、切なさを「この人たちはちゃんと幸せになるからね」と真綿で包まれたなかから共感するような安全さがあった。

ところが木原作品には真綿が用意されておらず、ハッピーエンドを予感できても容易に安心できない緊張感がある。目の前に差し出される登場人物たちの苦境や悲しみは、それが報われる未来を簡単には想像できず、より痛切に感じられるのだ。木原作品でしか味わえないものがある以上、これにハマるなと言うほうが無理だった。

だからこそ、二〇〇六年に刊行された『箱の中』『檻《おり》の外』（どちらも蒼竜社 Holly NOVELS）が「ダ・ヴィンチ」同年九月号の企画にて〝BL界の芥川賞〟に選ばれたときも何も疑問はなかった（僭越《せんえつ》ながらこの企画に少しだけ参加させていただいたのだが、推《お》しに推した記憶しかない）。BLというジャンルで忌避されるにはあまりにもったいない人間ドラマが描かれていると思ったからだ。少しずつジャンル外からも注目を集めていたBL漫画に比べ、BL小説はまだまだ作品の力が認められていない気がしていたので、じりじりしていたというのもある。小説好きな人に知ってほしいと思っていたBL小説家の筆頭が木原音瀬だった。

この『箱の中』『檻の外』は、その後、二〇一二年に講談社文庫として刊行される。BLレーベルで出されたものが一般文庫から出し直されるのは初めてのことだったが、それがほかでもない木原音瀬の作品であったことを疑問に思うBL読者はいなかっただろう。

その翌年、「小説現代」十一月号に短編「虫食い」が、二〇一四年には集英社の小説誌「小説すばる」五月号に短編「あのおじさんのこと」が掲載され、作者が一般文芸に進出したと知ってもやはり不思議はなかった。この二作はそれぞれ『罪の名前』（講談社）、『ラブセメタリー』（集英社）に収録されている。

『ココロシムラ』は木原音瀬という作家の名前を文芸の棚でも見かけるようになってからの作品だ。とはいえ、そこは変わらず木原作品なので、安易な安心は与えてもらえない。

恐ろしい一夜を過ごした仁科の平穏は、山から無事に帰ってても戻ってこないからだ。両腕のない美しい青年・新《あらた》に関われば関わるほど、〝ココロシムラ〟と呼ばれた今はなき村の過去やそこに封じられていたはずの人間の思惑が浮かびあがってくる。新を放り出すことなどできない仁科は囚われていくしかない。そこに仄《ほの》かな悦《よろこ》びを感じながらも。

木原作品はわかりやすい幸せを簡単に提示してくれはしないけれど、何も悲しいこと、つらいことばかりを描き出すわけではない。煌《きら》びやかで夢のような現実ではないものの、少し日の差す世界へと一歩を踏み出す物語も多い。それを希望に満ちた未来に向かっていると受け取るか、そこにも陰はあるだろうと懸念するか、どちらもあるのが現実だと見据《みす》えるか、それは読者に任されている。

大方のことが明らかになり、次のフェーズへと向かおうとする新と、そんな彼からやはり離れられずにいる仁科は、確かに前に進もうとしている。

生まれ出た命をはなからなかったことにしつづけた村で、そんな世界を知らぬままあるがままの存在として育ってきた新。両腕のない自分と両腕がある〝外の世界〟の人々との違いはただ〝違っている〟だけで、なんの問題もない。ジェンダーフリーや多様性がずいぶんと叫ばれながら、なかなか実現されない狭量な世界を、その美しい眼《まなこ》できょとんと不思議そうに見つめていそうだ。他者と違うことの「なにがいかんが？」と思いながら。

新しい挑戦が控える道を挑戦とも思わず進もうとする新と、それに付き従う（であろう）仁科に、あの恐怖の夜の名残《なごり》はない。

二人に訪れた朝は確かに希望の光に満ちているのに、それでも光あるところに陰はあるものだと感じてしまうのは、生粋《きっすい》の木原作品の読者だからだろうか。美しい糸で張られた蜘蛛《くも》の巣に魅了された虫が自ら捕らわれに行くように、恐ろしさのなかにある甘美な悦びを仁科が嚙み締めているように思えてしまうのは意地悪な見方だろうか。確かに朝は来たのに、いつでもあの雨の夜にふっと戻ってしまいそうな、そんな不確かさを感じるのだ。

何にも遮《さえぎ》られているわけではないのに朝の光がこちらの胸にまでは差してこない。何かがすとんと胸に落ちずにいる。その据わりの悪さがたまらなくて、また読み返してしまう。

〝ゴゴロシムラ〟と呼ばれたあの村に、誰も知らない別の真実があるかもしれないとすら考えて。

そんな中毒性が木原作品にあることをあらためて痛感しながら、また一からページを繰《く》るのだ。

参考資料

『真相　日本の枯葉剤　日米同盟が隠した化学兵器の正体』　原田和明　五月書房
『追跡・沖縄の枯れ葉剤』ジョン・ミッチェル著　阿部小涼訳　高文研
『ベトナム戦争におけるエージェントオレンジ　歴史と影響』　レ・カオ・ダイ著
尾崎望訳　文理閣
『花はどこへいった　枯葉剤を浴びたグレッグの生と死』　坂田雅子　トランスビュー
『アメリカの化学戦争犯罪　ベトナム戦争枯れ葉剤被害者の証言』　北村元　梨の木舎
ブログ「南国ジャーナル」　成川順
２０１６年５月４日「枯葉剤は、四国にもまかれた（下）」
http://blog.livedoor.jp/narijun1-ryou/archives/6043220.html

本作品はフィクションです。実在の人物や団体などとは一切関係ありません。

本書は二〇一九年十一月に小社より刊行された単行本『コゴロシムラ』を加筆修正したものです。

|著者|木原音瀬　高知県生まれ。1995年「眠る兎」でデビュー。不器用でもどかしい恋愛感情を生々しくかつ鮮やかに描き、ボーイズラブ小説界で不動の人気を持つ。『箱の中』と続編『檻の外』は刊行時、「ダ・ヴィンチ」誌上にてボーイズラブ界の芥川賞作品と評され、話題となった。著書は『箱の中』『美しいこと』『嫌な奴』『罪の名前』（以上講談社文庫）『パラスティック・ソウル』『黄色いダイアモンド』『ラブセメタリー』『捜し物屋まやま』など多数ある。

コゴロシムラ

木原音瀬《このはらなりせ》

講談社文庫

定価はカバーに
表示してあります

2022年1月14日第1刷発行

KODANSHA

発行者――鈴木章一
発行所――株式会社　講談社
東京都文京区音羽2-12-21　〒112-8001
電話　出版（03）5395-3510
　　　販売（03）5395-5817
　　　業務（03）5395-3615

Printed in Japan

デザイン―菊地信義
本文データ制作―講談社デジタル製作
印刷―――豊国印刷株式会社
製本―――株式会社国宝社

ISBN978-4-06-526704-2

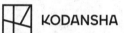

講談社文庫刊行の辞

二十一世紀の到来を目睫に望みながら、われわれはいま、人類史上かつて例を見ない巨大な転換期をむかえようとしている。

世界も、日本も、激動の予兆に対する期待とおののきを内に蔵して、未知の時代に歩み入ろうとしている。このときにあたり、創業の人野間清治の「ナショナル・エデュケイター」への志を現代に甦らせようと意図して、われわれはここに古今の文芸作品はいうまでもなく、ひろく人文・社会・自然の諸科学から東西の名著を網羅する、新しい綜合文庫の発刊を決意した。

激動の転換期はまた断絶の時代である。われわれは戦後二十五年間の出版文化のありかたへの深い反省をこめて、この断絶の時代にあえて人間的な持続を求めようとする。いたずらに浮薄な商業主義のあだ花を追い求めることなく、長期にわたって良書に生命をあたえようとつとめるところにしか、今後の出版文化の真の繁栄はあり得ないと信じるからである。

同時にわれわれはこの綜合文庫の刊行を通じて、人文・社会・自然の諸科学が、結局人間の学にほかならないことを立証しようと願っている。かつて知識とは、「汝自身を知る」ことにつきていた。現代社会の瑣末な情報の氾濫のなかから、力強い知識の源泉を掘り起し、技術文明のただなかに、生きた人間の姿を復活させること。それこそわれわれの切なる希求である。

われわれは権威に盲従せず、俗流に媚びることなく、渾然一体となって日本の「草の根」をかたちづくる若く新しい世代の人々に、心をこめてこの新しい綜合文庫をおくり届けたい。それは知識の泉であるとともに感受性のふるさとであり、もっとも有機的に組織され、社会に開かれた万人のための大学をめざしている。大方の支援と協力を衷心より切望してやまない。

一九七一年七月

野間省一